普罗旺斯的
另一生

周星余○著

重慶出版集團 重慶出版社

图书在版编目(CIP)数据

普罗旺斯的另一生 / 周星余著. —重庆：重庆出版社，2015.6
ISBN 978-7-229-09405-8

Ⅰ.①普… Ⅱ.①周… Ⅲ.①长篇小说—中国—当代 Ⅳ.①I247.45

中国版本图书馆 CIP 数据核字(2015)第 023825 号

普罗旺斯的另一生
PULUOWANGSI DE LING YISHENG
周星余 著

出 版 人：罗小卫
责任编辑：陶志宏　汪晨霜
责任校对：杨　婧
装帧设计：重庆出版集团艺术设计有限公司·王芳甜

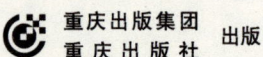
重庆出版集团
重庆出版社　出版

重庆市南岸区南滨路 162 号 1 幢　邮政编码：400061　http://www.cqph.com
重庆出版集团艺术设计有限公司制版
重庆川外印务有限公司印刷
重庆出版集团图书发行有限公司发行
E-MAIL:fxchu@cqph.com　邮购电话：023-61520646
全国新华书店经销

开本：890 mm×1 240mm　1/32　印张：5.5　字数：90 千
2015 年 6 月第 1 版　2015 年 6 月第 1 次印刷
ISBN 978-7-229-09405-8
定价：24.50 元

如有印装质量问题，请向本集团图书发行有限公司调换：023-61520678

版权所有　侵权必究

引子

传说歌唱家奥菲欧的爱妻尤丽迪茜不幸死去，他伤心不已，在神灵前恸哭。奥菲欧悲痛欲绝的歌声打动了爱神，允许他去地狱，用动人的歌声救回爱妻，并警告他在跨越冥界返回人间之前不得看妻子的脸。奥菲欧如愿以偿，但他一眼不看妻子的脸却使妻子很不理解，在她的苦苦哀求下，奥菲欧忘记了爱神的忠告，回头看了她一眼，尤丽迪茜当即倒地死去。奥菲欧后悔莫及，欲自杀殉情。爱神被他的真情感动，再次显形相救，终于救活了尤丽迪茜，使他们夫妻得以团聚。

目录

引子　1

Chapter 1
Five Mins　1

Chapter 2
最熟悉的陌生人　11

Chapter 3
倒置的沙漏　25

Chapter 4
前尘尽弃　47

Chapter 5
流岁往昔　57

Chapter 6
一把尘埃　75

Chapter 7
颠倒世界　89

Chapter 8
不曾远离　127

Chapter 9
为你而来　147

Chapter 10
The Wonderland　159

尾声　167

初心不负——致读者　170

Chapter 1

FIVE
mins

也许只是一首歌的时间,很多事情便斗转星移,幻若尘沙。

白鹭第一次与上帝见面时,秦臻正脚蹬一双鞋跟超过七厘米的小羊皮高跟鞋穿行在刚打过蜡的大理石地板上,手里托着一盘纸杯蛋糕走得摇曳生姿。大厅里的水晶吊灯刺得人有些睁不开眼,不过经常出入这些场合的人们对此也习以为常,或许只觉得这样光鲜亮丽,看起来纤尘不染的地方才真正适合他们打拼数年的身份。

其中也包括她自己。

大概是因为甜点吃得太多,体内过度活跃的糖分让她一双手有些细微的颤抖。不过,总得有人勇于献身去尝尝那些纸杯蛋糕。秦臻倒不担心滑上一跤摔了托盘,但这一盘里的蛋糕可是不便宜的,全是精心烤制,每个蛋糕上都点缀着写有名字的可食金叶,绝非普普通通的"贝蒂妙厨"速成品。

宴会厅的四周摆放着一张张圆桌,桌上的纸杯蛋糕替代了席次牌——作为一个创意策划人,正是这些花样让秦臻的生意蒸蒸日上。今晚他们将为公司筹集新运营项目的资金,如果服务生听话又懂事地不停给宾客们满上价格不菲的香槟王,说不定他们将要收到的金额会超出原本的预算。

"秦臻!"

听到自己的名字,她小心翼翼地放下托盘,转身就看见了花艺师的一张苦瓜脸。

"餐饮公司想把摆在桌子中央的花饰弄矮一些。"他哭丧着脸发出了求救的哀号。倒也不怪他吓成这样,他的上司是个举止有些狂躁的小个子女人,名字似乎是叫Christina还是Prina,总之生硬得给人一种很不好对付的感觉。而且常年戴着一副金边眼镜,两片薄薄的嘴唇上露出一抹隐隐成形的小胡子,还专门喜欢涂些金属色泽的珠光唇膏,私下里,连秦臻都有点儿怕她。"谁,都,不,许,碰这些摆饰。"秦臻尽力摆出一副不容违抗的口吻。

这时她的手机铃声响了,秦臻伸出纤长的手指拿过来,心不在焉地瞥了瞥来电显示:是她的丈夫白鹭。早前他已经发过一条短信,告诉秦臻他要出趟差,因此无法出席闺密马上要为她操办的生日晚宴。她毫不意外地歪了歪头,心里默默地飘过这么几句:要是与我争宠的对手是白鹭的小下属,那倒还容易分个高下,但白鹭公司的生意显然更加让他魂牵梦萦，谁也别想勾走专心工作的他。

很早以前，秦臻就已经接受了现实：白鹭的最爱已经成了工作，甚至超过爱她。

她没有理睬那个电话，很自如地又把手机放回了口袋里。

后面的事情其实很简单，秦臻后来才得知，当时来电的人并非白鹭，而是他的助理Sui。

就在打那个电话之前，她的丈夫从公司董事会会议室的桌前站起身来，正当他想要开口准备说上几句话时，却一头栽倒在地毯上；与此同时，秦臻正在十公里外的某个酒店宴会厅中优雅穿行。

花艺师如今可算找到了脱身的好机会，于是一溜烟跑开了。一个棕色头发、一脸谦和的男人出现在秦臻的眼前，这是来自"Jewry"公司的雇员。

"秦小姐您好。"他的口吻颇为礼貌。

秦臻颇有些满意地笑了起来。

听，这位给出的称呼是"小姐"而不是"女士"——秦臻不由得暗自感激自己那些有氧面部护理和挑染成焦糖色的发丝。她马上要迎来自己三十五岁生日了，换句话说，抬头纹、颈纹、鱼尾纹这些在一般女性看来很恐怖的东西生长出来是迟早的事情。不过，一向精力旺盛，又乐于挑战的她已经顽强地躲过了它们的魔爪，并且打算能撑多久算多久。

"请问，这些东西要放在哪里？"工作人员问的是他手里托着的一盘方盒子。托盘上罩着一层黑色天鹅绒，上面有十多个银色包装的盒子，颜色正好跟贴在她那翘臀上的一个小腰带扣十分般配。

"放到正门旁边的展示桌上，麻烦你了。"秦臻告诉他，"要让人们一进门就能马上注意到。"

秦臻慢条斯理地摆完最后一个名牌，才拿出手机查了查短信和未接来电。当她气定神闲地读到那堆狂乱的未读信息时，一切已经落下了帷幕。

医院的急诊VIP病房里，一群身着名牌西服的高管簇拥在她的丈夫身旁。

办公室的Ricky对着那幕有些难言的场景看了一眼，立即大步流星地冲出了走廊，一片片白色信封好似被风吹起的纸屑一般在他的身后飞舞。他飞奔到前台，喊来两个护理员找出公司六个月前刚买的便携式心脏除颤器疾步跑了回来。

他们撕开白鹭的衬衫，然后把耳朵贴到白鹭的胸口，确认他已经停止了心跳，接着将电极板贴在他的胸部。

"分析中……"除颤器里传来了电子语音，"建议进行电击。"

意大利歌剧《奥菲欧与尤丽迪茜》是一则爱情故事，故事中的尤丽迪茜不幸香消玉殒，她那悲痛欲绝的丈夫进入冥界想让她重回人间，女高音梅兰妮即将演唱尤丽迪茜命悬一线时那一段令人心碎的咏叹调。

当时护理员正俯身在白鹭的身前一次次电击他的心脏，直到白鹭的心脏再次跳动起来；与此同时，秦臻的心中却响起了尤丽迪茜的经典唱段——也许她自己不该为此感到惊讶，有时她还会有这样的感觉：自己生命中所有的重大时刻都和歌剧中一段段迷人而古老的故事有莫名的联系。

五分钟，她的丈夫白鹭在这段时间里去鬼门关转了一圈。

五分钟，把她的丈夫变成了一个彻头彻尾的陌生人，似乎再也不是秦臻所熟悉的样子。

空荡荡的医院走廊显得有些过于安静，秦臻感到自己的胃不由得一阵抽搐：消毒剂的气味灌满了鼻腔、口腔和肺，令人呼吸困难——也许是"84"消毒剂，也可能是一些过氧乙酸之类的。Ricky刚刚欲言又止……门后等待着她的会是什么，她已经无暇考虑。

这时，秦臻听见身后传来Ricky的脚步声，他急匆匆地进了门，差点迎头撞上一位黑发的美貌护士——她正一边低头对着一块写字板皱眉,一边向房间的矩形工作台走去。

"我是白鹭的妻子。"秦臻淡淡地开口道。

"喔!"护士差点儿没有拿稳手里的写字板。她飞快地把秦臻从头到脚打量了一番,这种情形她倒是已经见怪不怪了。许多女人会仔仔细细地端详她,好瞧一瞧像白鹭这样的男人会娶一个什么样的女人,毕竟像白鹭这样事业有成的出色男人大可以娶到一位十分出色的太太。秦臻立刻自觉地吸了一口气,挺直了腰,耳边回荡起了形象顾问的声音:"亲爱的,一根粉色的丝带正扯着你的头顶往天花板上拉!你感觉到了吗?那是一种伸展的感觉!伸直身体,伸直!"形象顾问是一个皮肤白皙、身材纤瘦的俊秀男子,只是偶尔出现的兰花指让人有些着急,他经常逼得秦臻以前所未有的速度急匆匆地奔向冰箱里秘藏的零食。自从去年以来,她已经成功地穿上了小一号的衣服,原来有点苍白的肤色也看起来健康了几分,不过秦臻绝非金玉其外的"花瓶"或者"金丝雀"。绝对不是。在秦臻看来,在自己最美好的时光里,白鹭娶了她这样的太太,实在是一件非常光鲜的事情。

"白鹭在那个VIP病房里,但如果你想先跟心脏科主任谈一谈,我可以给他打个电话。"这间屋子周围环绕着一个个小房间,护士说着指向其中一间。

透过一堵玻璃墙,秦臻看见白鹭躺在一张厚厚的医疗床上,身上盖着一条白床单,四周环绕着几台笨重的灰白色机器。

她罕见地有些无措又尴尬地杵在门外,总觉得有哪里不对,秦臻的心中顿时涌起一阵慌乱,随后她便得出了原因:她只是不习惯见到躺在那里,毫无生气的白鹭。

秦臻站在那里定了定神,她觉得自己需要镇定一下。

"我想先跟医生谈一谈。"秦臻说道。

护士在电话机上按下一个钮,轻声说了几句话。

"秦臻女士吗?"过了片刻,一位身穿白衣、矮小瘦削的男子快步穿过了转门,"我是心脏科主任医师,我姓金,你丈夫的治疗由我负责。"

"他到底是怎么了?"秦臻有些不确定地问,"他们只告诉我他病倒了……"

金医生摇了摇头,说:"白总可能是出现了类似心梗的症状,他们不清楚原因。不过有时健康的年轻人也会突然出现这种情况,心脏就是莫名其妙罢工了。"

"但是他现在没事了,"她说,"他已经安全了,对吧?"

金医生有点儿犹豫:"他们正在密切监控他的病情,肯定得在这里观察一段时间。不过您没有说错,白总算得上是比较幸运的了。他的心脏停跳超过三分钟,但我还见过心脏停跳长达六七分钟的病例,那些人也挺过来了;另外一些病人心脏停跳不到两分钟,最后却导致了终身脑损伤。遇上这种事情,结果因人而异,基本上无法人为进行预测。"

秦臻怔怔地站在原地看着一片苍白的病房,忽然想起来,很多年前,白鹭曾经拉着她的手说,要一起走到时光的尽头。

Chapter 2
最熟悉的
陌生人

"老公。"秦臻整理了一下情绪,边说边走到白鹭的身边,换上了一种活泼自信的口吻——在这个雪白的房间里,她的声音听上去十分洪亮,吓得她自己都缩了一缩。

秦臻握住白鹭的手,那只手摸上去颇为温暖。说起来也真是有些奇怪:这间屋子冷得很。白鹭的鼻子里接着一条氧气管,罩衣下面伸出几根弯弯曲曲的电线,一直连到床边的一台大型心脏监护仪上。

"你感觉怎么样?"

"还好我遇上的不是一坨照脸糊的冰激凌。"白鹭说完眨了眨眼睛。

秦臻也惊讶地眨了眨眼睛:这是他们两人过去私下开的玩笑,但已经被冷落了很长一段时间。在过去的日子里,每当遇上学校的突击考试,每当他们进了镇上唯一的电影院,又碰巧坐在半聋的罗大幅和他的太太旁边,那位婆婆总是体贴地把对白大声念上一遍,他们便会偷偷讲起这个笑话……可是他们已经有多久没有讲过这句话了?久到连自己听到都不适应起来，似乎是发生在别人身上的一件无关紧要的小事儿。

秦臻凝望着白鹭。他并未让人给他取来手机，也没有因为卧床而大发牢骚，也并未在他的手机上点击没完没了的信息和电邮。两年前，白鹭得过一次十分厉害的流感，但那时他仍然坚持工作，可怜的实习生们则跑来跑去地把他碰过的所有东西都喷上免洗消毒液。

在秦臻的记忆中，白鹭还从未如此一动不动地安静下来。

"我爱你。"白鹭边说边含情脉脉地凝视着她的双眼，又握了握她的手。

"……"

秦臻瞥了一眼正在给白鹭灌水壶的护士，又瞥了瞥守在角落里的Ricky——Ricky根本没有掩饰自己正在偷听。在场的所有人都盯着她，难道是因为自己的面孔全然暴露了心中的震惊么？

"咳……我也爱你。"秦臻的回答有些姗姗来迟。

这些话从她的嘴里冒出来，让人感觉又生疏又尴尬。白鹭为什么这样含情脉脉地望着自己？难道他是在演戏给护士看，以免她向媒体走漏风声吗？秦臻感觉既僵硬又忸怩，仿佛自己在演出一场电影，摄影机正在不停地拍摄，却没有人把台词给她。

"他们要让我在这里待几天。"白鹭说。

"我知道。"她顿时松了一口气——好歹有点实实在在的话题可以谈了,"待在这里没问题吗?"

白鹭又握了握她的手,秦臻立刻住了口。"就这样挺好。"他的眼睛定定地凝望着她的双眼。

如今的白鹭身上只有为数不多的几处还与往日那个十多岁的瘦削男孩一模一样,这双眼睛正是其中之一。他那浓密的鬈发被打理成一丝不苟的发型;牙齿做过细心的矫正和美白;他仍然保持着瘦削但是又匀称的体形;也仍然有些神经质;吃饭时还保持着小时候吃年饭的劲头。不过多亏他平时添加了蛋白质的饮食,也多亏了私人教练指导的日常锻炼,白鹭的双肩和胸部已经长出了一圈肌肉。

"我会带一台笔记本电脑过来。"Ricky说。他环顾着四周,"也换到一个更好的房间去。"

"没有这个必要。"白鹭说,"不过还是谢谢你。"

又是一阵尴尬的沉默,至少秦臻觉得有些尴尬。此时,白鹭正摊开手脚躺着,只要把静脉点滴换成一杯插着小伞的水果饮料或是鸡尾酒之类,他就是一位在加勒比海滩享受日光浴的"闲散人士"。

秦臻开口打破了长长的沉默:"我回家一趟把你的洗漱用品拿来,再给你拿件睡袍。你还要什么?"

白鹭摇了摇头。他的脸上悄悄地露出了一抹梦幻般的微笑,仿佛有人刚刚在他的耳边低声倾诉了一个动人的秘密。

"我需要的东西其实很少,这么令人吃惊啊?"他说,"为什么我从来没有发现这一点呢?"

Ricky夸张地清了清嗓子。

"我明白啦。"秦臻有点恼火地想。白鹭的举止确实有些古怪——不过这事一定有个说法。也许他服了什么药,他那恍惚的神色说不定是"阿普唑仑"药片的功效呢。只要在乘坐航班之前服下一片安定,秦臻就会变得跟小孩生日派对上的小丑一样傻乎乎的,这事也可以解释白鹭为什么流露出那副梦幻般的神色。

只有一点说不通:他不是心脏骤停吗?医生为什么会给他吃安定呢?

"我现在就去把你的东西拿来。"秦臻又说了一遍。这时她发现自己的口吻听上去极为急迫,不由得有些局促不安。

"快点儿回来,好吗?"白鹭说,"我们有很多事要聊,很多很多。"

自从秦臻进屋以后,他的目光居然没有一刻离开过她的面孔,几乎逼得秦臻要发疯。躺在床上的那名男子看上去跟她的丈夫一模一样,但他肯定是个高仿货。

"我马上就回来。"秦臻答应着白鹭,从他的手里抽出手向门口走去，暗自有些内疚：自己一步接一步地从白鹭身边离开时，心里竟然感觉松了一口气。

在秦臻看来，歌剧是激情的代名词：在几部她深为喜爱的歌剧中，相爱的情侣对抗着吃醋的情敌，对抗着诡计多端、好管闲事的人们，要不然便一次次地经历误解和谎言，最后终成眷属。即使故事有个悲剧结局，那部歌剧也是苦乐参半，因为胜利通常站在爱情一边。

有一部戏却与众不同。在罗西尼的《塞维利亚的理发师》一剧中，阿尔玛维瓦伯爵试图追求一位名叫罗西娜的年轻美女，伯爵不希望罗西娜爱的只是他的头衔，于是先装成了一个醉醺醺的士兵，接着又装成替人代课的音乐老师——伯爵应该事先在某佳缘交友网站上学一下婚恋技巧——前去教授罗西娜音乐课程，结果罗西娜发现了伯爵的真实身份并答应与他共结连理，公然对抗那个对她图谋不轨、令人毛骨悚然的老头。罗西娜与伯爵过得幸福美满，但跟其他歌剧角色不一样，当大幕落下以后，罗西娜与阿尔玛维瓦的故事并未就此落幕。

莫扎特为两人数年后的故事谱了曲，那部歌剧名叫《费加罗的婚礼》。剧中的伯爵与罗西娜已经是结婚多年的夫妇，曾经的激情一去不再复返，两人的婚姻失去了神奇的魔力，夫妻之间难得说上几句话。

秦臻十分钟爱莫扎特，但她却再也不看那部歌剧了。

Sui再次向秦臻展示了她的魔力。电梯门刚刚打开，秦臻迈步走进医院的大厅，Sui便立刻发来了一条短信，声称她已经派人把"捷豹"车送去了医院的停车场，把钥匙留在了前台——不管白鹭给她开了多高的薪水，那也是不够的。

有那么一瞬间，她想象着开车驶出停车场，不走该走的那条路，反而急速向高速公路驶去，哪条公路都行。秦臻的钱包里有几千元现金，如果她打算销声匿迹，打算不留下信用卡的蛛丝马迹，这笔现金倒是够花上一两个星期。她可以摇下车窗，开大电台的音量，用前脚掌紧紧地抵住油门踏板；那样一来，车里便再也容不下别的东西，就连冰冷的感觉也无处藏身——那种感觉告诉秦臻一场风波即将向自己袭来，而她无法逃脱。

秦臻叹了口气，拧开点火开关，感觉"捷豹"随着一阵轻柔的嗡嗡声发动了起来。刚才白鹭向自己表白爱意时，她几乎忘了回答，这一点已经足够糟心。如果她现在驾车潜逃而且超速被罚的话，只怕就别再想被提名为"年度最佳太太"了。

路上的车辆颇为稀少，即使眼下正是中午，这种状况在S城也算得上闻所未闻的奇遇。没过多久她便开上了自家的车道，车道两旁都有高大的柏木与别家隔开。秦臻用遥控器打开安全门，把车停在室外草坪旁边。她迫不及待地想要打开前门，但试了两次才成功；尽管纸杯蛋糕带来的劲头早已消失，但她的双手还是抖个不停。

　　她走进屋里，欣赏着门口墙壁上色彩亮丽的抽象画，总算感觉僵硬的脖子和双肩放松了一些。每次走进这所房子，她都感觉像是旅客进了一家奢华的酒店，也许原因在于自己多多少少算是一位客人：房子的钱是白鹭付的，装修是一队室内装潢师做的，从墙壁的颜色到沙发上的抱枕，每一件都是他们的功劳。当时那队装潢师简直把人逼得发疯，不过他们最后交出的房子倒是跟承诺的一模一样。这并非一所房子，而是一座展览馆，其中填满了空气、光线和巨大的玻璃墙。巴洛克风格的巨型水晶吊灯从两层楼高的天花板上悬垂下来，闪闪发光的主餐桌能摆下十二个座位，两间厨房里到处是花岗岩和铜质器皿，主层有宴客用的大厨房，楼上有自家用的小厨房；浴室里搭配了手绘瓷砖、玻璃洗手盆等配饰。"如果是使馆宴客的话，放在这里倒是挺适合。"那位房地产经纪人一边喃喃低语，一边指着一个个豪华的房间。

　　白鹭遵守了他的誓言，他做出了一番成就，而且成就颇大。

　　但成功并未让白鹭有过一丝松懈，他又开发了新产品。《渴求成功的他是否会有满足的一天？》——《财富》

杂志上一篇占了两版的文章用了这么一个标题。眼下这篇报道被裱起来挂在白鹭的办公桌上方，看上去十分显眼。

秦臻没有用电梯，而是迈步走上了豪华的旋转楼梯，她匆匆走进白鹭的浴室，翻遍了他的药柜和衣橱，终于在一个浴室柜抽屉里找到了他的盥洗包。想想看，他需要香体露、剃须刀，也许还要一些擦脸的乳液……她找到了一只黑色的玻璃瓶，上面用白色金属质感的字写着难懂的法文名字，接着又发现了两个别的品牌。他究竟用哪种产品？秦臻摇了摇头，决定把三种牌子都塞进盥洗包。他的牙刷又在哪里？秦臻又在他的医药箱里找了两遍，最后才发现水槽旁边摆着一把电动牙刷。"可是白鹭挺讨厌电动牙刷啊。"秦臻感觉有些奇怪。他曾经说过，电动牙刷的噪声让他有种到了医院牙科的感觉，他是什么时候改了主意的？

她站在那里，低头对着牙刷皱眉，一幕回忆突然从脑海里一闪而过。

白鹭与她刚搬到城里时，租了一间公寓，当时那个浴室简直算得上"全世界第一迷你"浴室。每天都是白鹭先洗澡，因为他总是像被电击了一般突然醒来，然后一跃跳下了床。等到闹钟响起，秦臻揉着眼睛打着大大的哈欠东倒西歪地走进浴室里时，他已经刮上了脸。

"早安啊，宝贝。"他的口吻听上去像个爽朗的幼儿教师。

"退下。"秦臻边咕哝边甩着胳膊把他挤到一边,穿过印有一堆水果的塑料帘子,打开淋浴冲个澡。一会儿冷一会儿热的洗澡水落到身上,让人立刻打起了精神。他们含着满嘴薄荷牙膏聊聊天,或者在电吹风的轰鸣声里讲讲话,各自讲讲一天的安排,跟伴舞演员一样撞开对方,抢占镜子前的位置。用不着秦臻开口,白鹭就会把那把扁平的梳子递给她,而她则会用毛巾为他擦掉耳后的剃须泡沫。

秦臻想起他们第一次参观现在这所宅子的时候,阳光从天窗洒进浴室,阳台俯瞰着翠绿的后院。如果房主喜爱与人共浴,这里的蒸汽浴房容得下十二个人,两个石灰岩水池上的洁具仿佛艺术品一般精致。以往秦臻曾在凌晨三点毫无防备地一屁股坐到没有放下垫圈的马桶上,为了惩罚不放下垫圈的白鹭,她会给他几脚把他踹醒——这些日子已经一去不复返了。

搬进新家后的头一个早晨,秦臻抬脚迈上流光溢彩的瓷砖,兴高采烈地蜷起了脚趾。"瓷砖是热的!白鹭,你来感受一下!"

可是白鹭的浴室还隔着卧室和休息区,那扇门一直没有打开——他没有听见自己的声音。

秦臻有些不解自己为什么要想这些,于是眨眨眼赶走了回忆：必须赶紧回医院。她往盥洗包里扔进一把便携牙刷，又把一件羊绒睡袍塞进了旅行袋，还塞进了牛仔裤和休闲衬衫，免得白鹭还得换上他的西装和撕破的衬衫。一旦白鹭出了院，他大概不会乐意想起今天的遭遇。

秦臻把旅行袋放在车子的副驾驶座上，开车驶出了车道，这时手机响起了一阵铃声。她一眼认出了来电号码，伸手按下免提键。

"Steve。"朋友的电话让她松了一口气。Steve是白鹭读商学院时的一位教授，自从加入白鹭的公司以后，他便成了两个人的好友。

"秦臻。"他用可爱的声音打了个招呼，"今天下午出了不少事啊。"

"确实不怎么样。"她一边附和一边把医院地址输入GPS导航系统。她有点受惊，说不定靠自己找不到路。"不过还好白鹭没事。"

"那太好了。"Steve说完顿了一顿，"我其实不想打扰你。"

"没关系，我正在去医院的路上。"

"哦。"Steve的声音中有种古怪的口吻，"你还没有见过白鹭？"

又来了：一丝不安，还是一丝困惑？在白鹭心脏骤停以后，似乎每个跟他接触过的人都冒出了这种情绪。

"不，不，我已经跟他见过面了。"秦臻说，"我只是回家一趟，给他取一些换洗衣物。"

"怎么样？"Steve清了清嗓子，又开了口，"他感觉怎么样？"

"他绝对比平时要镇定。"她微微笑了一声，但Steve并没有一起笑。

"当时我在场，知道吧。"他说，"我在会议桌的另一头，刚刚转过身去看了一会儿手机。我没有看见他倒下去，但我听到了他摔到地上的声音。"

Steve没有再说话，秦臻琢磨不透他的这个电话是什么意思：看上去他仿佛在等待自己采取主动回答些什么。

"我会告诉白鹭你打过电话。"秦臻总算开了口。

"那就拜托你了。"Steve说，"无论你们两人有什么需要，我都在这里，尽管开口。"

"谢谢。"秦臻说。秦臻刚刚打算挂断电话，Steve的声音却又拦住了她。

"秦臻？"他问道，"白鹭……在医院说过些什么吗？"

"什么？"这时秦臻遇上一个红灯，停下了车，低头望着手机，感觉一阵凉意蹿上脊背。

"只是问一问，没有什么大事。"他的声音多了几分力度，"他好像有点迷茫，就是这样。随时打电话给我。"Steve又说了一遍，"我会通宵开着手机。"

秦臻挂断了电话，一边开车进入拥堵路段，一边开大CD的音量播放车尔尼的作品，试图用音乐声盖过脑中嗡嗡作响的胡思乱想。

他们是怎么从如胶似漆的情侣变成陌路人的呢？秦臻无法像封在琥珀中的古老昆虫一般停在那一刻，也没有办法回到那一刻——她无法确定地说，你看，这就是那一秒，就在那一秒，白鹭与她之间的一切从此改变。

他们的婚姻更像趁潮水退去的时候在海滩度过的一个下午。

Chapter 3
倒置的沙漏

你也许会躺在柔软的沙滩上,晒着温暖的阳光,耳边回荡着孩子们欢快的喊声,根本察觉不到周围细微的变化——喧闹的海浪正在悄无声息地退去。随后你从手边那本小说的最后一页上抬起目光眨眨眼,感觉有些茫然,有些纳闷海面怎么会退得这么远,而你身边的一切在什么时候已经不知不觉地被改变。

去年的夏末,白鹭把他们家的壁纸换成了清淡的水绿色,混着一点淡淡的珠光,看起来清爽而高贵,似乎连暑气都消散了不少。

秦臻歪歪扭扭地套上一件跟壁纸颜色很相配的丝质睡裙,手里拿着两张门票甩来甩去。

"你想去看吗?"白鹭边问边对着走廊的镜子整理领带。那天清晨,他出门的时间比平常还要早:白鹭刚刚买下了"华联食品"的少数股权,正要出门与某些官员谈一谈建个新购物中心的事。

"当然去啦。"她耸了耸肩,睡意十足地打了个哈欠,瞥了瞥手中的门票,"也许我该去了解了解新客户。"

"是星期五晚上吗?周五晚上我还有什么别的安排?"他问道。

秦臻眯起了眼睛:"你最好别忘了哦。"

白鹭微笑着举起公文包,仿佛正在举起一块盾牌挡住她锋利的眼神。"开个玩笑嘛,周五我要去香港。"他说着打开前门走到室外,又匆匆溜回来吻了吻秦臻的唇角,"到时候见。"

傍晚越来越近,秦臻也越来越期待那场歌剧。白鹭和她至少可以拿那些自诩精通又喜欢附庸风雅的家伙开开玩笑——这些人不会真的掏出傻乎乎的小眼镜来看歌剧吧。笑上一场以后,他们还会再补上一顿丰盛的晚餐。秦臻决定给白鹭一个惊喜,于是心血来潮拿起电话在一家豪华的意大利餐厅订了席位,这家餐馆的每个卡座都用厚厚的天鹅绒窗帘封了起来,看起来很有几分"私人定制"的感觉。

到了下午五点,秦臻停止工作,钻进蒸汽四溢的按摩浴缸久久地泡了一个澡。花了一个小时给头发做了新的造型,又花了一个小时精心打扮,在颧骨抹上桃色的腮红,双眼化上浓淡适宜的烟熏妆,再穿上崭新的翡翠色真丝内衣。白鹭曾经告诉过她,翡翠色衬出了她那淡褐色眼睛里的暖意,这一点很讨他的欢心。

迈步走上歌剧院前门雄伟的大理石阶时，秦臻几乎有些飘飘然。她觉得自己和白鹭真应该多来听几次歌剧，来吸一吸清新的空气，这股气息让她想起炉火和温热的清酒，想起银杏叶和法国梧桐树叶在脚下嘎吱作响的声音。

《蝴蝶夫人》还有五分钟便会开演了，秦臻脸上的笑容也渐渐消失。白鹭频频推掉晚宴，她不仅习惯了向外人婉言辞谢，还取消了和他一起的巴黎之行——那是他们计划中第一个真正的假期。

正在这时，她的手机收到了一条新信息："会议延迟，打算明早乘飞机回家，对不起。"

秦臻一个人有些犹豫不决地站在那儿，提着新买的蛇皮手包看了看天，又望着几个零散的宾客匆匆进了剧院。

秦臻既没有回短信，也没有给他打电话；她没有让白鹭知道自己有多么想跟他待在一起。或许是因为她承受不住白鹭的答案——如果她开口让他在自己与工作之间作个选择，秦臻都没把握能全胜；或许只是因为放手让这一秒溜走似乎容易一些——仿佛海潮又退去了一波。无论如何，一切已经来不及了，这一夜已经毁了。

"我要回家看个电影。"秦臻一边走下台阶一边打定主意。脱下新衣，穿上柔软的睡衣，也许还会在酒窖里转一圈，挑出一瓶特别的酒尝一尝。厨师每周都会到家里来两次，他总在冰箱里摆满自己最爱的食品，还有各种各样的沙拉……秦臻差一点儿就成功了，差一点儿就换上了一副好心情，仿佛正在哄一个快要发脾气的小孩。正在这时，她心中暗自筹划的那场浪漫晚餐突然从脑海中一闪而过，一股强大的孤独感几乎让秦臻喘不过气来。她猛地低下头伸出双臂环抱着自己，凝视着眼前的台阶。

你没有难过的权利。秦臻一边告诉自己，一边压下心中的愤怒和伤感。

是的，你确实没有难过的权利。

秦臻顺着衣柜慢慢爬起来，晃悠着关掉了家里所有的灯。

她本来是回家给白鹭拿些生活用品，结果却坐在卧室的地板上愣愣地出神，脑海里的回忆像是幻灯片一样一张一张不停循环播放着，吞没了她一贯迅捷的步伐。

秦臻对着门口的玄关镜子整理了一下仪表，摸出兜里的唇膏重新补了一点，离开了房子。

医院的贵宾病房的条件确实物有所值，秦臻现在非常感谢房间的隔音性和私密性，以至于不让她在白鹭不按常规出牌的反常行为刺激下再在公共场合丢人现眼。

她现在就像个做错了事情或者等待处分的学生一样，手心浸着汗液，坐在白鹭的对面。

"我们两个人过担惊受怕的日子已经过了很久,这种日子蒙蔽了我的眼睛,让我们看不到真正重要的东西。我知道我的话听上去可能有点儿怪,不过你能不能敞开心扉听我说几句,嗯?当时我所感觉到的那种……是那种领悟。我一生都活在一层面纱背后,当时那层面纱就那么揭开了。臻臻,那些我曾经以为我想要的东西,其实早已经拥有了,它们通通在我的心里。"

白鹭眨了眨眼睛把泪水忍了回去,秦臻有些震惊地盯着他。

臻臻,这个称呼似乎已经变得非常遥远,远得连她自己都差点落下眼泪。

敞开心扉?生活在面纱背后?白鹭不可能会说这样的话,他会认真地望着秦臻的眼睛说道:"你见过我的手机吗?我正考虑着一家公司的新股票呢。"

安定药片再加上头部损伤就能把人变成这样……吗?

过去秦臻也曾经听说过"濒死体验"这个词,但她并不愿意承认白鹭遇上了这种事。

秦臻并不相信来世,不相信天堂,不相信任何一个类似的词语;白鹭也是如此。可以说,两个人是无神论者,他们的婚礼是由一名地方台娱乐节目主播主持的。自从参加过一个朋友的儿子几年前的洗礼之后,他们就再也没有踏进过教堂一步。即便是在观洗礼的时候,也一直状况不断：到了该跪下的时候，他们却一个站着一个坐着；到了众人都起身的时候，他们却双双朝门口走去。秦臻把这事怪在了白鹭头上：谁让他在神父号召信徒受洗的时候打开手机查起了邮箱，把神父的话当成了耳边风呢。

"拜托，先听我说。"白鹭恳求道，"我原本以为自己想要财富，我以为金钱会让我强大起来，但是对金钱的追求总是永无止境。你没有发现吗？我越是有钱，便越是想要赚更多的钱。就好像我是一只仓鼠，踩着一只很小的轮子，我踩得越来越快，却从来没有真正到达过想要去的地方，一切不过是一座空中楼阁。"

"你，嗯，你是不是跟Sui或者Ricky提过这些事情？或者跟Steve提过？"

"那还用说嘛。"他说，"我希望告诉每个人，只要我能拦住一个人，不让他重蹈我的覆辙……"

"我可以解决这些麻烦。"秦臻已经换上了应对危机的架势。跟一位喜怒无常的某女星代言人临时旷工相比，这点儿小事算得了什么呢？白鹭可能有那么一两天无法工作，但过一阵子他就会恢复正常。不说别的，他刚刚才受了一番惊天动地的惊吓，怎么能指望他行为举止完全正常呢？

她的脑海里飞快地转着一个个念头：要吩咐Ricky和Sui管好办公室事务，自己则留在医院里，不让任何人接近白鹭。

"我有好多好多话要对你说。"他说。

秦臻打起精神准备听上一阵胡言乱语，听白鹭讲些关于平和、白光之类的东西。顺便说一句，一片小小的橙色"舒思"药片便能带来平和；再说要是头上挨了一下，那看见白光也不是没道理的事情。

"在这之前，我居然打算不参加你的生日晚宴，实在是对不起。就因为要出差，我错过了多少个我们的周年纪念日。"

他又握紧了秦臻的手："不过最糟糕的是，我竟然没有赶紧从北京赶回家……我简直不敢相信，我居然留在北京开了一个蠢得要死的会议，尽管……"

秦臻闭了闭眼，试图想缓解一下自己慢慢升高的血压。她打断了他的话："白鹭，你现在谈这些干什么？"

"当你最需要我的时候，我却不在你的身边。"他说，"我心里的后悔简直无法用言语表达。"

秦臻用手遮着额头，眼睛突然酸胀得不能自已，仿佛时间还一直停留在那吞噬一切的一晚。这不公平，白鹭的话让她措手不及。

"我希望能够补偿。"他轻声说道，"把以前欠下的都补上。"

"白鹭，"秦臻强忍着眼泪，摆出一种镇定的口吻，

"那是很久以前的事了，我们已经向前看了，所以不要再提。"

"我知道已经过去很久了，但我们并没有向前看。"他说。

秦臻突然有些受不了了，白鹭让她觉得难以应对。他怎么敢揭开两个人往日的伤疤？——说实话，那其实只是秦臻自己的旧伤疤，因为那伤疤似乎从来没有伤到过白鹭。

"我得喝点儿东西。"秦臻说着猛地甩开他的手，"我去餐厅一趟。"

她急匆匆地奔向门口，一股深埋心底的怒火随之燃遍了全身，烧尽了她心中对白鹭的关爱——那份关爱原本是油然而生的感情。

"等一等。"他挣扎着坐了起来。

这时，秦臻听见白鹭床边的一台监测仪响了警报，但她没有理睬。"我有些重要的事情要告诉你……"白鹭说。

她任由那扇门摇摆着关上，将白鹭的话拦在了门内。让他滔滔不绝地念叨"醒悟"和"神赐"去吧，不管怎么样，这件事情就让白鹭自己去收尾，这则故事说不定会登上《×××日报》的八卦专栏，变成一则隐去当事人姓名的小道消息。他们曾经上过这个专栏两次，一次是白鹭成为东家的时候，当时他举办的宴会引来了一些公众人物，另外一次则是他们买下那所房子的时候。房地产交易通常不太吸引眼球，不过那一周没有多少出彩的新闻，其他人说不定也跟他们两人一样对那栋价值千万的房屋颇为惊叹。当时报上登出了长达两段的报道，详细地描述了家里的藏书室，天花板上的手绘壁画，有十二个座位的家庭电影院，以及家庭健身房内设的蒸汽浴室。

不知道什么原因，秦臻的脑海中浮上了常丰那张笑眯眯的面孔。Sui和Ricky不会把白鹭的话传出去，但常丰这家伙说不定会捣鬼。

秦臻乘上电梯前往楼下的餐厅，途中还逼着自己向电梯间里的中年女子点点头。

"今天天儿真好啊。"中年妇女兴高采烈地说。

……如果你丈夫的脑袋没出事，如果你精心策划了一个月的筹款活动没有搞砸，如果你的肚子里除了价值80块一个的纸杯蛋糕外还装着别的东西，那今天当然是岁月静好的一天，她心里默默运转着一层层不便言说的字幕。

"他说什么？"几个小时后的私人花园咖啡厅里，秦臻的闺密尹素颜问道，"等一下，我得先给自己来上一杯。"

她伸手从吧台上抓起一瓶半甜葡萄酒，给两人都倒上了一杯。

"我回到家以后就一直喝个不停。"秦臻又灌下了一大口酒,嘴里却说,"如果再灌下几杯,恐怕我会一头栽倒在地上。"

"算你走运,你不正坐着吗。"尹素颜说,"再说这东西基本上只能算有点儿酒劲的混合葡萄汁,我们两个人可没有做什么越轨的事情。"她说着把两条长腿盘到身下,"现在从头再给我讲一遍。"

她靠在沙发上,一头乌黑光亮的长发映衬着白色的垫子,显得分外鲜明。秦臻知道自己可以向尹素颜吐露心声,眼下只有她能算得上真正的朋友。白鹭的暴富带来了一些并发症,"缺乏挚友"便是其中最不出人意料的一条:你不能总是相信对你友好的人们心中同样藏着好意——秦臻可是吃了不少苦头才学到了这个教训。

"他说他现在看穿一切啦。"秦臻端着酒杯绕了一圈,总算没有把嫣红的酒液溅到沙发上。

秦臻喝了一大口酒,瞬间感受到葡萄发酵后浓郁的香气。尹素颜没有说错,人们应该把这种酒摆到健康食品店出售。

"他看穿了一切?这话还真是说得不清不楚,烦人得很。"尹素颜说着扬起了一条完美的眉毛。正是尹素颜把秦臻介绍给了修眉专家萨沙,而自己认定萨沙之所以敢开高得离谱的价格,是因为他总在离顾客角膜仅仅一英寸的地方挥舞着那些尖尖的小工具。哪个顾客敢对收费有半分异议，去惹恼萨沙呢？这简直就像一位马上要动脑外科手术的病人拿医生的假发开玩笑，而那个病人的麻醉剂在片刻之后便会生效。

"喔，他还为他曾经对我犯下的过错道了歉。"秦臻说着皱了皱眉，"突然间，他就觉得自己变成了特蕾莎修女。"

"不过说到来世……你不觉得好奇吗？"

"嗯，我知道有人曾经声称有过这样的遭遇。"秦臻说，"不过我哪有那个时间想这些，我要担心白鹭，担心公司，简直忙得不得了。他现在的举止很奇怪。"

尹素颜若有所思地说："如果死后并非一了百了呢？如果白鹭的遭遇是真实的呢？"

秦臻轻轻地转了转手中沉重的水晶酒杯，望着杯中的液体荡起一层层旋涡。"太诡异了。"秦臻终于开了口，"这种事怎么会落到一个不信鬼神的人身上？别忘了我俩可都是无神论者，他只相信现在，下辈子啊，来世啊什么的不会从他嘴里说出来的。要是他去天堂肯定也会让人家以不是信徒为理由扔回来。"

"我可不信天堂上有人守门。"尹素颜说着用枕头拍打着秦臻的膝盖，"白鹭感觉到什么精灵鬼怪了吗？他见到了些什么？"

"他没有说。"葡萄酒渐渐温暖了她的五脏六腑，恐惧感和怪异感都渐渐退去,整个人泛着一种淡淡的粉红色,看起来像是有点醉了。

尹素颜对自己所属的阶层从未有过怀疑,也从来不缺乏底气,每当秦臻在她的身边,尹素颜的自信便会感染到自己——尹素颜家拥有一个冷冻蔬菜食品王国,从各种蔬菜到苹果派,应有尽有。

当秦臻第一次在晚宴上遇见尹素颜时,她就是这么说的:"我念寄宿学校的学费全是靠青椒胡萝卜攒起来的。"秦臻听完以后不知道如何回答。白鹭的公司在一个月前公开发行了股票,他的名字随即登上了各种各样的媒体,他们两个人也被推进了一个崭新的世界。当时她正千方百计想要弄明白该用面前四把叉子中的哪一把——正在这时,尹素颜冲她眨了眨眼睛。秦臻目瞪口呆地望着她那长到不科学的睫毛,却彻底放下了戒心。

"你知道每个孩子都恨青椒吗?"她问道,"不过我跟青椒之间是私人恩怨,因为寄宿学校真的很可怕。"

秦臻惊讶地笑出了声,笑得毫不做作,尹素颜也跟她一起笑了起来。那天晚上,她们一直闲聊着各种书籍,也聊着周末在江边游艇上闪婚的一对新婚夫妇——一位上了年纪的影星娶了一位酒吧女招待。"难道再没有人相信真爱了吗?"尹素颜纳闷道,"我觉得那些疯疯癫癫的家伙说不定能成。"

那会儿白鹭就坐在一边，狼吞虎咽地吃掉了他自己的甜点，又吃了秦臻剩下来的所有甜点，她和尹素颜一起翻了翻白眼。

"他总是这么大胃口吗？"尹素颜问。

"……不，我觉得他正在节食。"

"我们应该把他关起来打死。"尹素颜故作一脸严肃，掷地有声，"有些人犯下的罪还不如他这贪食罪孽深重，不也丢了性命吗？"

"可要是我死掉了的话，谁来开车送你回家呢？"白鹭问秦臻。

"咦？你是说你……"尹素颜陷入了沉默。

"怎么啦？"秦臻追问道。

"抱歉，刚才我只是想说，你没有司机吗？通常我会让司机送我去参加宴会，这样就不用担心酒后驾车的问题了。"她说。

白鹭和秦臻互相对望了一眼，秦臻可以看出他刚刚暗自把这一条加进了他的待办事项里：要雇一个司机，要雇一个厨师，要学习如何品酒。尹素颜的男伴和桌上另一名男子花了整整十五分钟讨论他们喝的勃艮第白葡萄酒有什么好处，能看出，插不上话的白鹭备受煎熬。白鹭和秦臻正在拼命赶上上流社会的步伐，但秦臻觉得所有人都能看出他们两人当时手忙脚乱的模样。

秦臻甩了甩头,把故事回放的界面用力从脑海中赶出去。

"到底是什么样的感觉?"尹素颜说着向秦臻靠了过来,"我是说,这事儿太神奇了,当时他是不是看到了一道白光啊圣光啊什么的?"

秦臻摇了摇头:"我不这么觉得,我们没有花多少工夫谈那件事,他只是说是一种很奇妙的感觉。"

"比滚床单还奇妙?"

"……全世界就只有你会这么问。"

"他还说了些什么?"

这时响起了一阵铃声,秦臻看了看来电号码。

"是叶青。"秦臻扶额,一脸痛苦地呻吟。

"为什么电话不设置拦截啊?"尹素颜懒洋洋地用指尖绕着玻璃杯的边缘打转,"上面写着:通话也许有害健康,接听者风险自负。"

叶青是白鹭公司股东之一常丰的太太,看上去仿佛是用MV大片的标准比着一点一点捏出来的人物:衣服垂在她身上的模样好似挂在一副金属衣架上,齐胸的淡褐色头发总是拉得笔直,要么就是烫得翻起,鼻子怎么看都像是一个锐角三角形,连说话也是一字一句恨不能用朗诵腔读出来。有一次秦臻在她家参加一个鸡尾酒会，叶青却漫不经心地说起了她家女佣的是非，仿佛那些女佣不过是些开胃小菜。

"我试过拉美裔的佣人，但还是亚洲人好一些。"一位女佣正从附近走过，叶青却开口说了这么一句——那位女佣分明听得见她的话。

"交给人工秘书台吧。"尹素颜出声提了个建议。

"算了，我还是接吧。"秦臻有些痛心疾首地说，"要是工作上有什么急事呢？"

"秦臻，你怎么样？"叶青问道。她不等秦臻回答又接着开了口，"我听说了白鹭的遭遇，真是难以置信啊！"

"我知道。"秦臻急着把对话往好的方向引导，"白鹭康复得很好，很有可能不到周二就可以出院。"

"我明白了。"叶青说，"那你下一步准备怎么办？"

"下一步？"她有点茫然，"这是怎么意思？"

叶青顿了顿，秦臻能听见她吸了一口那种细长而做作的女士香烟。

"白鹭告诉大家，他不会回去工作。常丰说，他是在大家把他抬上救护车的时候宣布这些话的。"

秦臻忍不住了，她慢慢地倒抽了一口气。她几乎可以望见叶青的嘴唇上渐渐浮现出一缕胜利的笑容。今晚她可能会拼命打电话给大家，把自己倒抽一口气的消息告诉她认识的所有人。

"他没有告诉你吗？"叶青的语气甜得让人腻烦。

"怎么啦？"尹素颜冲着她比口型。秦臻对着她摇了摇头，仍然说不出话来。尹素颜看出了秦臻脸上震惊的神色，一把从她手里夺过了电话。

"我是尹素颜。这到底是怎么回事？白鹭出了什么事吗？"

尹素颜一声不吭地听着，但可以看出她绷紧了下巴，好看的嘴唇抿成了一条直线。

"你真是菩萨心肠啊我说。"尹素颜平静地说，"人家白鹭今天差点送了命，你却打电话给人家的老婆让她更难过。落井下石这个成语你学过吧，知道什么意思吗？！你有没有想过去《全球娱乐报》找一份工作啊？去的话一定是最大龄的抢手货。哦，顺便说一声，你应该穿长一点儿的裙子，你的膝盖上长皱纹了。"

尹素颜猛地放下电话："趁火打劫的长舌妇。"

秦臻慢腾腾地放下杯子，终于挤出了一句话："她到底是什么意思？"

尹素颜摇了摇头："她是个可怜的更年期妇女，只不过是嫉妒我们没有邀请她去你的生日party，别理她。"

"你真的觉得白鹭想要洗手不干吗？"

"不，他会先跟你商量一下的。也许他想休几天假去旅行一趟呢，也许他说那些话的意思不过是想稍稍休息一下。"

"素颜，"秦臻低声说，"白鹭原本想跟我谈一些重要的事情，但当时我很生他的气，因为……嗯，原因我现在没法儿说清楚，我自己也很混乱。总之当时我出了房间，不肯听他的……两个小时之后我才回去，不过医生已经把他带去做检查了，那段话一直没有讲完。"

秦臻能看出，尹素颜脑子里正在转着各种念头。她想安慰几句，但她也有些不知该从何说起。

"好吧，"尹素颜终于开了口，"我们这么办：明天一早你就去医院跟白鹭聊聊，看看到底出了什么事，然后我们再想办法。"

"你说得对。"

不知道为什么，秦臻的声音听上去仍然风平浪静，但是她的心中暗潮汹涌。白鹭居然想辞掉工作？这到底是怎么回事？五分钟的时间里，他到底出了什么事？

秦臻伸手从沙发的扶手上拿起柔软的盖毯裹在肩膀上——突然间，感觉冷气刺骨。

"啊！对了，还有生日派对呢，如果白鹭再这么闹下去……"

尹素颜眯眼笑笑，耸了耸肩膀："那我们就取消派对，还能省下一些蛋糕自己吃呢。"

"如果取消的话,你不会介意吧?我只是不知道到时候白鹭会不会恢复正常。"秦臻一副懒洋洋的表情,把头搭在靠背上。

尹素颜紧皱眉头望着她:"看你这样,还是来点儿'玛格丽特'鸡尾酒吧。我去弄一些'玛格丽特'来,别担心,喝那种酒不会宿醉。"

"是吗?"秦臻呆呆地问。

"当然啦,我毕竟是行家啊,你忘了么?"

秦臻不由得露出了一缕微笑:"可你今晚还有个约会。"

别走。秦臻暗自心想。

"你该出发了。"她嘴里说的却是违心的话。

"首先,跟我约会的是一个名叫成田的家伙,他把收藏的古董枪当成自己的骄傲和快乐,你来说说看,他怎么有这样的爱好呢?"尹素颜微妙地挑了挑眉。

"但是今天晚上咱什么也做不了。"秦臻颤抖着慢慢吸了一口气,"我不会有事,真的。"

"我不会扔下你一个人去跟成田约会的,那个有了把枪就尾巴翘上天的笨蛋。"

秦臻又哼了一声,当然,这一次她用了比较优雅的方式——有人说过,社交礼仪学校已经把她的哼声当作典范传授给了学生。

"好吧。"秦臻感觉四周的冰层仿佛正在崩塌,暖意又流回了身子。

尹素颜在陪着她,秦臻对此简直感激涕零,不得不眨眨眼忍住泪水。但她知道尹素颜已经见到了自己的眼泪,什么事都瞒不过这个小狐狸。

即使醉酒,即使心碎,即使已经有问必答,秦臻仍然没有在素颜面前落泪,长期面对外界的经历让她变得太过善于隐藏和克制自己的情绪。素颜颇为感触,如果可以永远做个能吃、爱疯、混日子,一被欺负就能大声哭出来的傻孩子,也是很好的。

"对了,你说我放假要去哪里好呢?"秦臻捧着酒杯,仰着头拼命眨眼。

"反正不去巴黎,"她声音沙哑地笑着,"你有没有听说过'巴黎综合征'啊?"她又开始像那晚在酒店浴缸中那样执教函授课程了,"最早是日本人去了巴黎,发现真正的巴黎并不是他们所想象的天堂,终于精神紊乱,会有恶心、抽搐、莫名恐惧、自卑,甚至会有自杀倾向!你看,多危险的天堂。"看,她到底还是记恨巴黎。

"其次,"尹素颜说着伸手握了握秦臻的手,"今晚我们还是有点儿事情可以做的。"

她拿起电视遥控器像举奖杯一般高举在空中,脸上露出了一个在自己看来像是天使一般的笑容:"《天桥风云》来啦!"

秦臻似乎觉得最后一缕恐慌也随之消散:"我说不定偷偷藏了些点心和下酒菜呢,当然,纯粹是应急用。"

"《天桥风云》、点心、下酒菜,再加上'玛格丽特'酒。"尹素颜说,"突然间觉得又天下太平了。"

Chapter 4

前尘
尽弃

"……"

"我应该先跟你说一声的。"

白鹭装出一副受了委屈的样子，但他的眼睛出卖了他。

他的眼神明亮而欢快，好像他刚刚睡了一个绵长又满足的午觉。对白鹭来说，睡眠是不共戴天的死敌，他对它怀着满腔怨恨，恨它每天晚上都会从他那里偷走四五个小时。

如果白鹭能把"睡眠"告上法庭，给它安个盗窃诈骗之类的罪名，或者能约它来场街头大战，可能他早就已经这么做了。

"你不可以——不可以不跟我谈就定下这种大事。"秦臻有些气急败坏地说。

"臻臻，宝贝儿，我没有选择，我觉得必须那么做。"

"这么说你要辞职？那也行。等六个月以后你感觉烦了，又想回去上班了，那怎么办？我了解你，白鹭。我敢说，你要是待在家里，一定会被逼疯的，用不着六个月，六天就够了。接下来怎么办？如果你雇别人来经营公司，事情会变得很麻烦，会有人来收购我们的公司，说不定还有官司……"

"我已经打定主意了。"

这时一位身穿白衣的医生走了进来，秦臻如释重负地向她扭过身去。

"医生？对不起，我能问一个问题吗？我是他的妻子，我想知道医院给他用了什么药，他的举止有些反常。"

医生摇了摇头，一条长长的褐色马尾跟着"嗖嗖"地甩来甩去，让人感觉她非常不像一名医生。"他没有吃任何会影响精神的药。"

"没有吃'瑞美隆'？"秦臻问道，"你确定吗？你能再确认一下吗？我以前吃过一点，他是不是也吃了那种药，也许院方把他跟别的病人弄混了。"

"心脏科主任亲自负责他的病情，"她说着皱起了小巧的鼻子，"我敢保证不会弄混。"

"亲爱的，"白鹭说，"我知道你一下子接受不了这么多，但你能相信我吗？我保证这样做没有错。"

"当然啦。"秦臻说着对白鹭挤出一丝微笑。

"会不会是头部受伤的原因？"她急切地压低声音对医生说道，"说不定他跌倒的时候狠狠地撞到了头。"

"你的话我都听得到,再说我也没有摔到头。"白鹭反驳了一句。

"别听他的。"秦臻对医生说,"查查他的瞳孔。"

也许正是医生把事情搞砸了,秦臻边想边眯起眼睛打量着那位医生。她看上去太年轻、太活泼,不像是个真正的医生。说不定她是位住院医师——可是话说回来,医生们难道不该是一副疲惫不堪、眼窝深陷或者苦大仇深的模样吗?秦臻瞥了一眼她的外套上用夹子别在胸口的工作牌的名字,暗自发誓待会儿要上网去搜一搜她的信息,秦臻有点毫无章法地胡思乱想着。

"秦臻。"白鹭几乎用了一种恳求的语气。秦臻转身对着他,对着这个躺在医院病床上"冒充"她丈夫的陌生人。

白鹭从来就没有不工作的时候。

"你能让我们两个人单独待一会儿吗?"白鹭对医生说。医生随后离开了房间——在秦臻看来,她的动作慢得有点出奇。她很可能马上就会打电话叫上她的那些闺密,她们可能会抱着一桶爆米花来一起观赏这出闹剧。

白鹭深吸了一口气。"以前我算不上一个好丈夫。"他的声音很柔和,"我希望我们两个人能够重新来过。如果你给我一个机会的话,我会让你非常幸福。"

秦臻带着已经不能够用惊愕来形容的神情瞪着他,一句话也说不出来。

如果这是他们刚结婚的那些日子，白鹭言语中的诚意恐怕早已冲破了她心中那一层层包裹着的硬壳，说不定还已经让秦臻扑进了他的怀中，仿佛他们两人在演一场好莱坞浪漫喜剧的大结局：一对恋人坠入了爱河，接着失去了对方，最后重归于好——这时心脏监护仪"哔哔"乱叫着为他们欢庆团圆，担心的护士们冲进了房间，随后爆发出了热烈的掌声，也许还间或有些鲜花之类。

白鹭想要重新开始，他挑选的时机原本算得上有些好笑，可惜这件事实在令人难过。

此刻秦臻的钱包里正装着一张办理离婚案件的律师的名片，拿到名片已经有一段时间了，但她还没有拨打上面的电话。那张名片大概算是某种安慰或者某种提醒，它意味着，如果秦臻愿意冒着风险将现在的生活方式抛在身后的话，还是可以轻松地抽身离开。

不过事情还没有那么糟糕，至少目前还没有。

"如果你不再工作，那你打算干些什么？"秦臻沉默了一会儿，终于说了一句话，不过没有理睬他的问题。

白鹭露出个非常明媚的笑容，仿佛他是一位参加综艺节目的选手，而这正是他苦苦等待的加分选择题。

"我把公司卖掉。"他说。

秦臻倒抽了一口凉气，抓住了椅子的扶手。突然间，屋子似乎正在一寸寸地缩小并且开始顺时针旋转起来，她感觉胃部极度不适，甚至开始有种想要干呕的错觉，她只好闭上眼睛，抵挡着那股汹涌的眩晕。

Steve看了看眼前这个熟悉的男人，五官依旧是那个俊俏的样子，就像几年前在商学院的楼梯上撞翻了他刚泡好的下午茶那时候一样，眼角微微地向上翘起，嘴边挂着一个礼貌的微笑。只是眉眼间褪去了这几年间磨砺出来的锋锐和淡然，表情里散发出来的暖意让他自己有点略微的不适应。但这些表情出现在如今的白鹭脸上却毫无违和感，甚至可以说，会让人产生更加亲切而舒适的感觉。

"Steve，你还好吗？虽然我觉得自己长得还不错，不过你再这样看着我，我会觉得你对我有点别的什么意思。"

"……"Steve突然有些后悔自己竟然想用"舒适"这个词来形容他，显然这样并不是很恰当，白鹭依旧还是那么让人手痒得想捶几拳过去才舒服。"好吧，你已经有了老婆很多年，别想拉我下水，不然我等会儿就在你静脉营养液里加点儿东西进去。"

白鹭一脸无辜地揉了揉自己稍微有点苍白的脸颊。

"我错了Steve，看在我这么努力地从阴曹地府挣扎着跑回来的分上，让我再为祸世间一阵好吗，我会把我股份的一半送给你当作谢礼的。"

"好吧，我考虑一下，这个条件的确挺诱人的。"他叹了口气,无奈地笑了笑。

"别考虑了,就这么决定了吧。还有,你那个笑容是不相信我的意思吗?"

"是的。"

"……"这回轮到了白鹭做出无语的表情。

"真好,我扳回一局了。"Steve脸上露出一点宽慰的笑意,不过这时白鹭却是一脸认真地看着他,仿佛刚才那个轻薄的家伙不是自己一样。

"我确实是认真的,Steve。"

"我也是认真的,秦臻知道吗?"

白鹭摇了摇头:"我并不打算跟她商量这件事,我的直觉告诉我就应该这样做。Steve,我信任你,并且非常诚恳地请你帮我这个忙。"

"当时你也是用这副口吻跟我说的话,然后把我套进你的公司做牛做马好几年,不记得了?所以我这次不会上当的,除非你保证,这家公司以后即便垮了,你也不会跑到我家来搬空我的东西。"

白鹭一脸笑意地点了点头,眨了眨他自诩比较迷人的大眼睛,朝Steve送去了感谢的目光。他知道Steve已经答应了,只是由于自己以前的些许"不那么成熟"的行为,无法让Steve做到郑重其事或者一本正经地答应他的请求。

这个感谢的目光在Steve看来，总带了那么些许难以言明的狡黠的意味。

当他一个礼拜之后，淹没在一叠又一叠等待他签字或者确认的文件，以及Ricky数次穿梭于他的办公室不停地带来让自己头大的消息的时候，他终于体会到当时白鹭那个笑意里狡黠的含义了。

Steve揉了揉自己有些干涩的眼睛，瞟了一眼和他同样忧心的Ricky离去的背影。他们都很清楚白鹭的改变，但是他们又都支持着他的每一个决定。

出院的那天依旧是个天气晴好的日子，十分难得地伴着清冽的微风，似乎是个做什么都会很顺利的日子，只是秦臻完全没有闲情逸致去享受美好的天气和舒适的温度。

橡树林旁的小路上，秦臻有些双手发颤地关上车门，没有去扶走在后面一脸微妙表情的白鹭。

她大步走向自己家那栋房子，看着空荡荡的车库有些不敢相信自己的眼睛，白鹭的那辆揽胜车不见了身影。这样高级而戒备森严的小区应该是可以排除偷盗的可能，那么剩下的就是，白鹭自己弄走了这辆车。

之后在衣帽间发呆的秦臻才知道车子只是个开胃菜而已，家里好几只名贵不菲的手表也不翼而飞，幸好不见的都是白鹭的男款，而自己的那些纹丝没动，她才没有一个手抖按了电话报警。

秦臻抬起一只手扶着自己的额头，觉得有必要提前预约一下自己的医生来看看自己是不是有早期高血压的隐患。她不明白自己的丈夫是出了什么问题，也想不通为什么自己的生活突然无缘无故会有这么戏剧化的突变。

然而，当她事隔几天之后到白鹭的公司找到Ricky了解情况的时候才觉得，她有可能马上被送去急诊的危险，血压升高，头晕目眩，她第一次在工作伙伴面前露出这么迷茫凄楚又不可置信的神态。

"把你的公司卖了？"秦臻呆呆地重复了一遍。

以为白鹭再也说不出更让人震撼的话，很可惜她错了。

"我想把一切捐给慈善事业。"他望着她，好似他不是在毁灭他们两个人的梦想，而是在给她一份礼物。"我的公司毁了我，臻臻；它也几乎毁了我们两个人的感情。我知道你不开心，你已经有好几年都没有真正地开心了。我所做的那些事情，那些人……"

秦臻自认自己的形象一贯保持得活泼又带着优雅，绝对不落俗套的气质。但是此时的她却真心想结结实实地把她在网上看到但碍于身份平时不便表达的流行吐槽语句骂一遍再配合上挠墙捶桌之类的系列表情，丢开什么身份姿态气质，抒发一下迄今为止她心里那股歪歪扭扭的郁结之气。即便秦臻的危机公关能力再强，再怎样宠辱不惊，自己的丈夫一夜之间改变了风格，总得要给她这个做妻子的一些缓冲和消化的时间。

"我得到了重生的机会。"白鹭说，"有多少人得到过这种再来一次的机会？我现在要把以前的过失弥补回来，这是上天给我们的机会。"

"……"

秦臻似乎能听到风呼啸着穿过身体的声音，尽管现在她站立的地方天气晴好，万里无云。

Chapter 5
流岁往昔

薰衣草是一种馥郁的紫蓝色的小花。它就像它的所在地一样存在浪漫的情怀。这种花的呈现就代表了爱与许诺，一如它的花语——等待爱情。

传说中薰衣草有四片葱绿的叶子：第一片叶子是信奉；第二片叶子是盼望；第三片叶子是恋情；第四片叶子是荣耀。

白鹭很早就从书里知道，它是一种香料草，以前人们把它晒干，和衣服放在一起，使衣服被香味熏过，可以留香，还可以驱虫。后来科学进步了，草本的精华被提取出来，再也不用小心翼翼地保留着草根。

虽说知道，但是对它还是非常的陌生，这样奇特的香料，始终有一种神秘的魔力，那种奇特的香氛和色彩，吸引了无数的人为之而倾心。

有那么一天，一位网友从网上发来了两张摄影作品，一张是盆栽的，像是室内花，一张是成片培植的户外花卉，大约是一个品种，非常俊秀而美丽。那时白鹭只觉得好看，却不知花的名字来路。对于花卉，他从没有研究，只知观赏，不知也不为怪。

还是拱手请教，美丽的事物总要知其名才好。

"不好意思，请教此是何花？"白鹭半是好奇，半是玩笑。

"这也不知道么？"

摄影者一句话，说得白鹭有点挂不住。

白鹭只能自嘲地说："我又不是万宝全书，啊哈哈哈……"笑得着实有些生硬。

电波的直线变得有点弯曲，可能摄影者也感觉到她失言了。

"呵呵，也是也是，不好意思啊，别生气。"

"这是薰衣草啊！来自法国的普罗旺斯。"

那一片神秘的花儿，就在白鹭的眼前。那是他第一次看到薰衣草，那一片泛滥的紫色给了好奇新知的白鹭很大的震撼，甚至冲击着他向来坚韧的心。那高贵的紫色把田野染得那样的浪漫又宁静，紫色和天蓝缓缓晕开，染成一片，就像通往宇宙的天路，有一种从内心自然发出的赞美，难以言表。

他好像找到了能安葬心灵的地方。

好长的停顿后，对方也有点木讷："怎么了？"

"Lavender，薰衣草的英文名字。"摄影者这么说。

白鹭这才注意到了摄影者的名字就是 Lavender，原以为只是一个文字的卖弄。

他那时并不熟悉网络交际的惯例，也并未涉猎太多英语，并不清楚它的具体含义。

于是白鹭相当富有学习精神地去开始了解薰衣草，查找关于它的全部信息。对陌生的事物来一个迅速全面而透彻的了解，这也是他天赋一样的性格，他喜欢自己渐渐变得博学而丰满的状态。

白鹭和秦臻第一次在电视上看到这片绵延的紫色海洋，第一次知道了那个法国小城普罗旺斯，第一次知道薰衣草美妙的香气和动人传说之后，就像两个乡巴佬一样——确切地说，他们那时候的确是所谓的乡下人，当即便近乎幼稚地决定，以后一定要到那个大洋彼岸的地方去，带着他们的事业，带着他们的爱情，带着他们对以后生活一切美好的愿景和梦想。

不管信奉也好，还是盼望、恋情，到最后一个白鹭最喜欢的荣耀，他们如今都已然拥有。

只剩了当时那个心心念念的约定，渺渺地飘在以前的旧时光里，散发着若有若无淡淡的气息。

如果没有遇上那个刚出狱的歹徒，如果没有遇上那个坐轮椅的小女孩，如果白鹭没有那副总是填不满的胃，他们也许并不会走到一起。

在他的少年时期，白鹭可以狼吞虎咽地吃下一斤冰激凌，并且只作为餐前开胃菜，而他的班尼路牛仔裤却仍然宽松。要是能够拥有这样令人赞叹的新陈代谢，一定会有不少女人心甘情愿地拿出任何东西来交换。

当然在这之前，秦臻一直知道白鹭。他们两人在同一个小镇上长大，那个镇上可以熟悉到完全找不出一个陌生人。时至今日，但凡人们讲起某个关于那里的笑话，那她势必已经在哪里听到过，但秦臻每次都会扭过头为那个笑话装模作样地憨笑，乐得比其他任何人都厉害。假如她听完笑话不笑，人们便会觉得这女人是个高冷的暴发户。现在，秦臻每隔两个星期便会做一次专业修眉，虽然她自己也不相信花了那么多钱只为降服区区几根眉毛——这笔钱足够支付秦妈妈在"丽丽美发店"整整一年的修剪烫费用了。

那时，他们还只是"白力"与"秦珍"，到了今日，他们的名字也随着身边的一切一起鸟枪换炮。尽管那时他们几乎每天都会碰面，但一直到了某个春日的下午，两个人才算第一次真正搭上话。十六岁的秦珍正沿着铁轨走去打零工。那是个暖和而晴朗的日子，她的步子很急，右手拎着一只晃悠悠的塑料袋，心中暗自希望那两份冰激凌别太早融化，至少别在到地方之前。

"别这么急啊，小姑娘！"

男人看上去二十岁出头，衬衫袖子向上挽起来，露出强健的肱二头肌，一头茂密的头发剪得极短，几乎可以看见他的头皮闪闪发光。

男人仿佛幽灵一般凭空冒了出来。片刻之前秦珍还低头凝视着眼前的一根根枕木；片刻之后却正瞪着一双磨损的黄色工作靴，那双靴子拦住了她的去路。她抬起头，看见了一个男人的脸。

"这个点儿就放学啦？"男人边问边从牛仔裤里拿出手。

"嗯。"秦珍点点头，身子却一动也没有动。她凭直觉能料到，要是自己贸然从他身边绕过去，他会立刻出手。

"现在放学太早了点儿吧？"他说着眨了眨眼，"你是在逃课吗？"

他们两人嘴里说出的是这么一番话，眼睛和身子却正在展开另外一番较量。秦珍一个接一个地盘算着对策，又一个接一个地放弃了这些方案。从男人的眼神中可以看出一点：他明白这个弱小的女孩子在想什么，而且他喜欢看着她的自救计划一个接一个地破灭。

"我可没有逃课。"秦珍故作镇定地说。

"这么说你没有逃学？"他的话里带着戏弄的口吻，说着又迈近了一步。

"我……我得去打工啦。"秦珍的心怦怦直跳,仿佛随时都会从胸中炸开。

他又故意慢条斯理地走近了一步。"他们在等我。"她不顾一切地低声说,"他们会来找我。"

那男人又朝她迈出了最后一步。他伸出一根手指抚摸着她的脸颊。

"真有意思,你看上去也不像一个高中女生。"他的手指直接伸进了秦珍的衣服。秦珍体内的肾上腺素再也压抑不住,它在尖叫着让她逃跑,现在就跑!于是她转身发足马力狂奔,但还没有跑开一米远,就被从身后捉住了。

"看来有人很着急嘛。"男人说着笑开了,一双大手使劲儿攥着她的手臂。他呼出的气息烙着秦珍的脸,闻上去有股烟草的酸臭。男人那短促尖厉的声音听上去比暴喝声还要可怕,他逼着秦珍进了一片灌木丛。

"躺下。"他说着粗鲁地把秦珍推倒在地,探身到她的身旁摆出俯卧撑的姿势,用两条前臂夹着。四周一片寂静,男人刺耳的呼吸一声声冲击着耳膜,但那点儿痛根本没被她放在心上。

"掀起你的衬衫。"男人命令秦珍。

"求你了。"秦珍低声说。

"求我什么?"

"求你别这样。"秦珍恳求道。

男人俯身向她靠了过来，一双扁平的眼睛紧盯着她的双眼。"让你掀起来！"

这时秦珍听见一阵响声——有人把树枝踩得嘎吱作响。

"放开她！"

秦珍的左侧闪过一团模糊的影子：一个男孩一跃跳到了男人的背上，一拳打中了他的脑袋。男人放开了她，转身把男孩从背上晃了下来。

"快跑，秦珍！"

是白力的声音。这个瘦瘦的男孩跟秦珍同班，每次老师还没有问完问题，他的手就已经举了起来。

她一跃而起，迈开步子开跑，准备找人来帮帮忙，但一阵令人毛骨悚然的声音让她回过了头。白力已经倒在了地上，男人正在一脚接一脚地踢他。两个白力加在一起只怕才勉强敌得过一个男人，再说眼下的男人简直怒不可遏。白力会被伤得一塌糊涂，除非她自己能现在出手挽回局面。秦珍从手中的袋子里掏出一大盒草莓冰激凌对准男人的脑袋扔了过去，这才记起自己原来一直还有这个东西在手里。

冰激凌盖子"嗖"地飞了出去，软软的粉红色冰激凌溅满了男人的面孔和双眼。他站在原地，一时间什么也看不清楚，这正是白力需要的契机。他伸手抓住男人的脚踝，扯得他站立不稳，男人向后摔了下去，白力仿佛毫发无伤一般站了起来，击出一拳重重地打在男人的喉头。

"快跑！"白力又大叫了一声，这一次秦珍乖乖地听了他的话。他们一起沿着铁轨一溜烟跑出将近五十米，又左转跑上了通向唐琪家的泥巴小路，在大街小巷中绕来绕去跑了将近半公里，一直跑到了唐琪家那栋单层小砖房前。秦珍一遍遍地摁着门铃，一边偷偷地往身后张望——男人肯定还会凭空冒出来的。

"来啦！来啦！"

门打开的速度慢得让人受不了。他们猛地冲了进去，呼哧呼哧地喘着气。

"砰"的一声关上大门，两人又检查了一遍，唐琪的母亲问道："出了什么事？"

"没什么事。"白力说。他俯下身把双手搁在膝盖上，大口大口地喘着气，"他没有……跟着我们……我看过了。"

"谁？"唐琪的母亲边问边来回打量着白力，"你们在玩游戏吗？"

秦珍顿时想起男人冷冷的笑容，想起他肮脏的手指断断续续地烙着她的皮肤，眼中不禁溢满了泪水，胃里突然一阵翻江倒海，几乎吐了出来。

白力又一次解救了她。

"我读过不少关于自卫术的书，"他笑嘻嘻地望着秦珍，"不过没有一本提到过拿冰激凌进行反击。你非要当一个'冰激凌'秘技黑带高手不可吗？"

他们定定地互相瞪了片刻，接着大笑起来。白力笑得捂住了肚子，秦珍的眼泪则一颗接一颗地流下了脸庞，他们双双靠在墙上说不出话来。

"看来局外人是听不懂你们两人的笑话啦。"唐琪的母亲耸耸肩走开了，她的话惹得他们笑得更加厉害，一边笑一边弯下腰大口地喘着气。等到好不容易止住了笑，秦珍伸手取出那盒有点儿融化了的巧克力冰激凌。

"你饿吗？"

白力的脸上慢慢地绽开了一抹笑容："饿得厉害。"

秦珍努力装出一副什么事都没发生的样子。尽管私底下战战兢兢得不得了，她的样子看上去却颇为镇定，居然说服唐琪的母亲不再追问这件事，而去药店值下午班。警察正赶来录口供，白力倒是自告奋勇要留下来回答问题，但秦珍感觉白力留下来的真正原因是他明白自己的恐惧——生怕只要身边没了别人，男人便会凭空从浴帘后面蹿出来。

唐琪正唠唠叨叨地讲着她刚从图书馆里借来的《悬疑故事大揭秘》小说，秦珍却凝望着窗外，没有发现白力把冰激凌碗端进了厨房。白力"哐啷"一声把冰激凌碗搁进了水槽，秦珍闻声猛地扭过头，一颗心几乎吓得抽搐起来。

"对不起。"他立刻说了一句，然后抬头望了望秦珍那张苍白的脸。

"那本书有个问题。"他后仰着身子倚在厨房台面上，漫不经心地叠着两条胳膊，"主角怎么可能在无意中遇到了这么多不可思议的事情？他才十七岁吧？难道你们不觉得才十七岁就破了上百件罪案有点儿说不过去吗？难道不该有人查一查南希身上的问题？"

尽管双唇冰冷僵硬，秦珍还是挤出了一丝微笑："你想说南希是个话痨吗？"

秦珍用肩膀轻轻地推了推他，面色稍霁。稍后唐琪喝水时一不小心洒了几滴在桌子上，她看到白力伸出手漫不经心地用袖子擦掉水滴，还对唐琪眨了眨眼。

迄今为止，秦珍对白力的了解全部来自于偶然听到的各种流言。"他妈妈就那样走啦。"布里一边把顾客的头发拢上去一边对客人说着悄悄话，嘴角还叼着一把发夹，"走得好。要是我嫁给了那么一个狗娘养的浑蛋，只怕我也跑了，不过你知不知道，她抛下了自己的亲骨肉——"这时布里瞥见了秦珍睁大的双眼，立刻换了个话题，谈起了她最近领养的黄色小土狗。

这便是小地方的利与弊：大多数人都认识你，并且都以为他们了解你的一切底细。

当天晚些时候,白力从唐琪家送秦珍回家,一路上他都装出一副若无其事的样子,却不时放眼四处打量,眼神比任何一位特工都要警觉,有几次甚至猛然转身端详身后的动静。那时秦珍突然觉得,只要有他在身边,就没有人能够偷偷对自己下手。她深深地吸了一口气,松开了自己握紧的两个拳头——似乎已经很久很久没有松口气了。

"唐琪是因为车祸受伤的,对吧?"他们绕过街角走向通向她家的那条街,白力开口问道。天色已是黄昏,暖意却迟迟不肯让位。"我好像在哪儿听到过。"

"是啊,"秦珍说,"当时她妈妈在开车,路上结了冰,汽车打滑撞到了一棵树上。她妈妈并没有超速驾驶,不过还是祸从天降。"

到家了,白力陪她走上前门的水泥台阶。镇上大多数住宅都小而整洁,有着宽敞的后院、修剪整齐的树篱。秦珍家过去也是这副模样,现在它的排水沟里却堵着落叶,一扇松动的玻璃窗歪歪斜斜地倚在一边,仿佛一位参加聚会的酒鬼正欲盖弥彰地掩饰自己多喝了几杯芝华士。

秦珍在最后一级台阶上停了下来。她并不想失礼,但也不能冒着风险请白力进门——即使他们已经一起经历了那些风波。白力望了望前门,又望了望秦珍,一句话也没有说。也许他早已心知肚明;也许大多数人都已经听到了风声。

"唐琪以后还能走路吗?"白力漫不经心地坐下,用胳膊肘撑着身子,伸直了两条腿,仿佛他们就应该这样聊天,而不是进门接着聊。

"她觉得她能。"秦珍在他身边坐了下来,"不过,我不知道医生是怎么诊断的。"

白力长长地吁了一口气,痛得瑟缩了一下身子,捂住自己的侧身——他居然还告诉自己说肋骨不痛呢。"我想不出比坐轮椅更糟糕的事情了,要是我,肯定得发疯。"

"这种事要遇上了才知道。"秦珍看了看他,"唐琪已经应付得很不错啦,尤其她还是个小孩子。"

"不,我真的会接受不了。"他又把话重复了一遍,"居然不能动?还少不了要人伺候?"

他突然一跃站了起来,把重心从一只脚换到另一只脚上,仿佛在向自己证明身体还听使唤,借此让自己安心。白力总在不停地动来动去——在学校时秦珍从未注意到这一点,那天下午她发现他的腿不时轻摇,指尖不时在桌上敲打着节拍,要不然的话就是用一只手不停地梳理着黑色的鬓发。也许正因为这样,他才会有这样纤瘦的身材。

这时秦珍已经看出了一件事:眼前这个男孩不仅有一副填不满的胃口,还有填不满的求知欲。白力说过,他已经读过好几本关于自卫的书籍,并非因为他担心遇上歹徒，而是因为他什么书都读。因此他知道喉头是一处要害：握紧拳头对着喉咙中间狠狠地打上一拳，几乎能够把所有歹徒打晕。

白力做完一份份家庭作业，读完一本又一本图书馆藏书，又狼吞虎咽地翻阅各类报纸、商界领袖传记和《世界百科全书》，连食品包装上的配料表也不放过。他跳过了三年级没有读，六年级还没有结束便已经学完了高中的全部教学课程。

白力和"慢条斯理"这个词简直毫无关系。几周以后，当秦珍第一次把头搁在他赤裸的胸膛上时，感觉到他的心脏跳得飞快而扎实，还以为他只是紧张，但那不过是他的正常心率。

白力只是生来就与众不同。

也许秦珍无论如何都会爱上白力，因为在男人袭击她的那一天，白力流露出了一些意想不到的品质：勇敢、聪明、幽默、体贴。

但那天在秦珍家门前的台阶上，白鹭还说过一些零落而细碎的话，那些话像破冰船一样将她的心房一寸寸打开，一点点进入。

白力对着天边皱起了眉头，仿佛不是在对秦珍说话。"总有一天，我会有足够的钱做我想做的一切。我会拥有自己的公司、自己的房子，而且还是全额付款、不欠房贷的那一种。我可不会跟其他人一样一辈子待在这个破烂小镇里,什么也拦不住我。"

秦珍凝视着他,一句话也说不出来。白力刚刚说出了她所渴望的一切,仿佛他朝她的心里瞟了一眼,挖出了埋得最深、最隐秘的愿望。秦珍所盼望的并非金钱——当时她还无法想象拥有自己的房子。有趣的是,眼下他们倒是拥有两栋豪宅:一栋在X市,一栋在S市。秦珍真正渴盼的是财富带来的安全感,这些东西让她难以自拔。自从秦珍的父母离异遭遇家庭变故之后,她就一直有一种不舒服、不安定的焦躁感觉——好像流沙正在一寸寸地向自己涌来,等待着时机要将她吞没,窒息而死。而白力的话一点点地驱散了这种不安全感。

秦珍望着身形瘦削、神情紧张的白力,望着他那乱糟糟的棕黑头发,望着那条膝盖上有个破洞的牛仔裤,突然感觉无比心安,仿佛全身裹上了一条温暖的毛毯:只要白力在她身旁,自己就始终是安全的。

"明天学校见吗?"他问道。

"好啊,还有历史考试呢。"

他点点头,低下头望着自己的脚:"你总是坐在窗边,对吧?"

"没错。"秦珍有些吃惊。

"除了上周。"他深吸了一口气,仿佛正在作一个重要的决定，接着抬起了一双杏仁样的眼睛，迎上了秦珍的目光，"我抢先坐了你常坐的位置。你盯着唐琪看了一会儿，然后去了后排；那天你穿着一条白色的裙子。"

秦珍看着他，一句话也说不出来。难道白力一直在注意自己？还记得自己的穿戴？刚刚反抗那个人的时候，他并没有流露出一丝惧意，但现在他看上去颇有几分紧张。秦珍猛然意识到一件事：白力在小心翼翼地担心自己的反应。

"你也坐在前排，对吧？"秦珍终于开了口。

白力摇了摇头："我在你背后，秦珍，一直都在那里。"

正如今天，当秦珍迫切需要他的时候，他就在身边。

秦珍感觉自己的脸红得发烫："对不起。"

白力耸了耸肩，但秦珍望见了他脸上一闪即逝的伤感。"你知不知道到毕业还有多少天？如果连节假日、周末和暑假一起算上，那就还有四百三十八天；我倒计时好多年了。"

"明天我给你占个座。"秦珍脱口而出。

"好的。"白力说着露出了一抹笑容。他的牙齿有点儿歪，不过在他身上显得还挺有魅力，"我该走了，你没事吧？"

秦珍点点头。"警察说那个人可能已经离开了这座小镇。

他显然原本就打算要走,只不过先遇上了我,所以……"她紧张地笑了一声,"我没有什么可担心的。"

但秦珍心里还是害怕,不知道什么原因,白力很了解这一点。

第二天一早七点半,白力已经守在秦珍家门口准备陪她去上学了,他瘦弱的双肩上背着一只塞得满满的书包——从那一刻起,他们两人变得形影不离。

"青梅竹马的高中情侣?"每当得知他们相遇的经过,人们总会发出惊叹,"真是太幸福啦!"

确实如此。至少在很长一段时间里,一切真的是太幸福。

关于爱情这一个话题,似乎永远也不会过时。

这也许很难回答,因为它是一个既简单又复杂的情感,说它简单其实不然,说它复杂也不过如此。有的人愿意面对,却虚伪;有的人真实,却得不到想要的那一份归宿。

爱情让人看到了生命的迹象,而持续的爱情则让人看到了永恒。

一位朋友说过,爱情就像是百步遥,假如每走一步的时候,我们就会丢失身边重要的东西,也许我们能够走到九十九步,只剩下最后一步的距离。也就是说,当我们抛弃所有的时候,爱情近在咫尺,或者说,爱情就在你的背后,一直在等待着你的回头。

当真正的爱情考验我们的时候,我们都退缩了,所以我们都会经历太多的悲欢离合,太多的伤感,太多的无奈。

白力曾经对秦珍说过,如果有一天,你看到了光明,那么我可以离开你,直到你找到自己的幸福。

如果你眼前仍然是一片黑暗,那么请允许我在你的身边。

秦臻坐在车里,看着江边流光的夜景,知道再不回家白鹭兴许就会打电话来催,但她就是不太想调转方向直奔家门。

直到那几年的往昔如胶片一般一一在她眼前重现一遍,手边的女士香烟只剩空盒。

Chapter 6

一把尘埃

S城素来阴晴不定，往年的一雨成秋都极为利索干脆，今年却一反常态的缠绵悱恻。一场雨淅淅沥沥，断断续续地下了一个多星期，还没有停歇的意思。

　　秦臻趴在窗台上，托着脸颊，对外看了半天。绕着路灯飘飞的雨丝，一副缠缠绵绵，无穷无尽的样子，这样的天气，明天还能不能去悟觉寺？

　　据说初一十五前去最好，明天就是阴历初一，几天前，她就安排好定在明早出发，若是雨一直不停，恐怕无法成行。

　　没想到连着下了数天的雨，竟然在夜间善解人意地停住了。

　　周六早上，市内道路出奇畅通，四十分钟后，车子就开到了城郊的眉山。这是S市周边唯一一座山脉，因为山脊起伏如一道少女的弯眉，所以名曰眉山。

　　秦臻把车子停在山下人烟稀少的停车场，独自一人踏着石阶上了山。

空山雨后,山色格外秀碧,连脚边的草叶,都水灵灵的,青翠惹人怜。半晴半阴的天气,凉风习习,远处山坳青雾蒙蒙。秦臻以前和好友尹素颜一起来过眉山,春来踏青,冬来赏雪,但这里的悟觉寺,却从未进去过。她没有宗教信仰,以往路过,也只是留下草草一眼,隐约有个古朴安宁的印象,没想到有一天会专程来悟觉寺。

步行了二十分钟,便到了山门外。眉山并非名山,悟觉寺的香火也比较清冷,只有在每年三月初三庙会的时候才会热闹一阵,平素少有人来,特别是这样一个雨后的早晨。

寺内静幽幽的,好似空无一人,带着湿意的空气,分外清新干净,甚至闻不到香火气。参天古树的枝叶,不时掉落几滴雨水,滴答一声敲破地上的水洼。

韦陀,弥勒,十八罗汉,四大天王,秦臻挨个拜过去,最后来到大雄宝殿。

殿内坐着一个年轻的僧人,秦臻面带微笑,上前说明来意。

僧人起身,双手合十道:"请施主稍候,我去请师父过来。"秦臻轻声道谢,看着僧人出了大殿,朝着右侧的一排厢房走去。

殿中静谧无声,菩萨低眉善目,满面慈悲。秦臻跪在蒲团上,双手合十,拜了三拜。这段时间,白鹭的事情让她身心俱疲，她终于体会到病急乱投医的滋味，一向没有宗教信仰的她，也跑来求菩萨保佑。

许过愿，她起身走到大殿门口。

隔断了红尘俗世的寺院，静谧安宁到了极致，偶尔只听见滴答一声残雨。

殿门两侧放有转经筒，秦臻挨个挨个地摸过去，走过转角时，意外发现殿后的檐下竟然站着一个男人。个子很高，又身着一袭黑衣，静寂立在空旷台阶上，莫名给人一种轩昂而孤清的感觉。

听见身后有人，他回过头来。

秦臻一眼看去，微微一怔，阴雨天，这人竟然戴着一副墨镜，而且镜片极大，几乎挡住了他的半张脸。虽然看不见他的全貌，但高挺的鼻梁及冷峻的下颌，给人一种相貌不错的直觉。

秦臻收回目光，绕着殿外的转经筒走了一圈，回到大殿。

此时，殿中已经多了一位年约六十岁的年长僧人。

年轻的僧人指着秦臻对年长僧人道："就是这位施主，想要开光。"

秦臻双手合十行了一礼，将早已准备好的一个红袋双手递给老师父，然后将备好的钱放进功德箱，数目是事先已经打听过的。老师父用一个托盘将红袋接过去，放在佛前。

红袋里有一块玉佩，还有一张红纸，写着名字和生辰八字。

开光仪式比秦臻想象中的简单，师父念过经文，洒了净水之后将红袋交还给她。

秦臻将红袋握在手里，像是握住了一个崭新的希望，明知道渺茫，却还是想要试一试，哪怕只是求得一个心理安慰。

走出悟觉寺没多远，已经停了的雨突然又下起来。秦臻急忙朝着山下跑去。

一开始只是零零星星的雨滴，不多时，便哗哗啦啦地拉开了阵势，豆大的雨滴噼里啪啦打到脸上生疼，眼睛都快要睁不开了。秦臻目光扫到路边有个棚子，无暇多想，手掌挡着脑门便冲进去，等放下双手，才发现里面还站着一个男人。

她此刻衬衣湿透，紧贴在身上，一眼扫见棚子里有个男人，便立刻背过身去。

和一个陌生男人单独待在一起避雨本就别扭，她身上的衣服又被雨水淋湿，线条毕露，心里不免有点紧张不安。秦臻手里握着手机作好准备，万一这男人有不轨的举动，就立刻打电话报警。

身后良久没有动静，秦臻心下稍安，微微侧身扫了一眼，入目的一袭黑衣很眼熟。原来是刚才在寺院里的那个戴墨镜的男人。

一大早就去寺院里拜佛的人，应该不会有什么歹心。而且此人并没有和她搭讪的意思。

秦臻悄然松了口气。雨没有一点停住的势头，越来越大，瓢泼一般，山路上的雨水，哗哗啦啦如溪流一般朝着下面涌过去。

棚子里的男人自始至终一言不发，连站立的姿势都未变动一丝一毫，仿佛一座静默的雕像。

秦臻如此狼狈，自然也不会主动开口找他说话。眼看雨势不停，她便往棚子里面走了走，想要找个地方坐下歇一会儿。

棚子靠着山壁搭起，里面放着一张又破又脏的大方桌，但却没有凳子，靠着山体的一角还有个大铁桶，不知道是做什么用的。

雨声噼里啪啦乱得毫无节奏，乱纷纷的，没有停住的架势，让人心急。

司机打了电话过来。此刻大雨倾盆，山上信号格外差，秦臻捂着话筒，一句话重复好几遍，对方才能听清。

"雨下得太大了……请你……"

话未说完，突然头顶"轰"的一声巨响，连天阴雨，顶棚上塌落的一块石头刚好打中了她的头。

手机从她手中甩了出去,眼前沉入一片黑暗……昏迷之中好似有人在晃她的肩,她头疼欲裂,艰难地睁开一条眼缝,只看见面前有个黑色的影子,模糊不清像是幻灯片一般晃过去,而后,便失去了知觉。

余下的记忆仿佛被抹去,不知过了多久,她稍微有了些意识,好似听见救护车的声音,越来越近。

她费力睁开眼睛,迷迷糊糊看见眼前有一张男人的面孔,仿佛是白鹭。

他怎么会在这儿?他不是应该在家里或者别的什么地方吗?

眼前的一幕她分不清是真是幻,眼前的白鹭,也不知是梦是幻。

她还是忍不住抓住了他的手。

握在手心里的手很凉,湿漉漉的,都是雨水,触感真实无比。

原来并不是梦。

秦臻又惊又喜,情不自禁地问:"你怎么在这儿?"

"你记不记得,我曾经送过你一瓶502?"

白鹭只是握着她的手,淡淡地笑了笑。

秦臻头疼欲裂,她觉得白鹭似乎拿错了剧本或者走错了片场,听一个字都觉得异常费力。

"什么意思?"秦臻从掌心里抽出一半的手指,停了下来。

"我想和你,一辈子黏在一起。"

S市很长一段时间没再下雨。

如果白鹭不是她的丈夫,秦臻也许不会这么有压力。但在很久以前她就发现,有一个像白鹭这样的人在身边时,你会很容易被遗忘,被忽略。从某种意义上说,白鹭的存在成就了今日的她。

秦臻双手有些发抖地拉开厚重的玻璃门进入她的公司,穿过长长的过道走向经理室,就在那时,前方亮着的一盏灯吸引了她的注意。办公室这么早就开灯绝非常态。她不由得加快了步子。赶近几步后突然意识到,亮灯的正是秦臻自己的办公室。今早四点她回家补了个觉,冲了个澡,可走时绝对是锁了办公室的门,还检查过两遍。

现在里面竟然有人。

秦臻立刻拔腿飞奔,似乎脚下那双不是7厘米的高跟鞋,而是运动鞋,脑子在惊恐中乱成一团:刚做完的广告收好了吗?不会有人乱动那份费时一个月好不容易吐血完成的广告文案吧?策划案没事吧?

她冲进办公室,正看见入侵者伸手取走办公桌上的东西。

"哎呀你吓死我了！"她的助理瑞雯僵在原地冲她嚷嚷，瑞雯正把一杯热气腾腾的咖啡放在办公桌上。

"噢，抱歉。"秦臻说着，在心里把自己一顿好骂。"我没想到这么早就有人来。"跟瑞雯说着话，呼吸也逐渐平息下来。

"今天是个大日子。"瑞雯说着把咖啡递过来。"你太厉害了。"秦臻闭上颇有点难受的眼睛，小啜一口咖啡，感觉到黑色液体的魔力流遍了血管。

"我正需要来杯咖啡。我没怎么睡觉。"

"也没有吃早饭，是吧？"瑞雯双手叉在腰上说。只有一米五高的她站在办公室里，看起来就像一个脸蛋红扑扑，围着蕾丝围巾的欧巴桑。这样一个人要是被惹毛了的话，可是会毫不犹豫地从摇椅上蹦起来，蹬上她的十厘米尖头皮靴一脚把人踹进墙里。

"我会好好吃午饭的。"秦臻绕开问题，躲避着瑞雯的眼神。尽管已经过了几年，她还是不习惯自己有个助理，更别说这个助理比她大接近十岁，挣的却只有自己的三分之一。瑞雯和秦臻都觉得，很多时候瑞雯才是两人中间做主的那一个。

"我现在去看看餐饮准备得怎么样了。"瑞雯说，"今天早上找你的电话是不是都不接？"

"是啊，拜托你了。"秦臻顿了一会儿，"除非是急事，或者是创意公司的电话——他家老板对模拟广告案的字体有点抓狂。还有……今天早上要跟他把东西过一遍。让我想想，还有谁，还有谁……噢，化妆品公司打来的电话当然全部都要接。"

"他们会在——"秦臻看看表，提上来的一口气堵在了嗓子眼里，"——两个小时以后到。"

"少安毋躁，小姑娘。"瑞雯命令道。只有惯于发话的人才会有这种口气。瑞雯急匆匆走到桌前，拿过来一个小纸袋装的蓝莓蛋糕和两片善存。

"就知道你不会好好吃早饭，所以我多备了些。你又开始头痛了，对吧？"瑞雯问道。

"也不是太糟糕。"秦臻一边撒谎一边伸手去接药片，瑞雯终于走出办公室，关上了门。秦臻一屁股沉到大皮椅子里，满心感激地长长啜了一口咖啡。

清早的阳光从身后的窗户泻进来，照亮了桌上金色的奖杯。秦臻伸出一根手指摸摸它，希望沾点运气：每次报告之前她都会这么做。……她费力地闭上了眼睛，不想接着想下去；她可是完全不想让自己走霉运。秦臻跳起身，穿过房间去看自己那些宝贝的照片——这也是重要日子里的另外一个开运仪式。

办公室的一面墙上挂满了样式简洁但十分昂贵的黑色相框，每个相框里都挂了一幅杂志广告：一个穿着红色围裙的爸爸正在炒饭；一对忙于筑巢的夫妻光脚踩到新地毯上；一个年轻的高管靠在头等舱的座位上，表情颇为惬意。想起这个广告的时候，她忍不住笑了起来。当时，经过两个星期、三轮针对目标消费者的焦点小组讨论后，他们才决定弃用"安静"，转而使用"惬意"这个词。可是整个创意差点在最后一分钟报废：因为她挑中的那个模特儿梳的发型，正好跟航空公司老板的前妻一模一样。

不幸的是，这个前妻曾经让老板相信，真爱是不需要签署婚前协议的。如果不是当时她在化妆师的箱子里发现了一瓶20块的定发啫喱，又拉着客户多求来了30秒钟，公司就会眼巴巴地看着一桩两百万的生意飞掉：输在一个齐下巴的波波头上。客户们都是出了名的难捉摸，而且黄金法则是：客户越有钱，脑袋越有问题。今天要见的客户坐拥半个城。她拿起创意团队为此制作的模拟杂志广告，开始进行第一百次细查，到处翻找小毛病，尽管它们并不存在。整个团队已经在这个广告案上扎扎实实花了一个月，苦苦地琢磨每一个细节，今天在会议室却只会有十分钟时间陈述所有内容——她看了看表，心跳漏了一拍。跟其他广告公司不一样，他们的企业文化是：创意与商业工作之间的界限颇为模糊。如果你想在这家公司顺利发展，一定要两样都玩得转。当然，这也意味着这次报告的责任会由秦臻一个人独自承担。

偌大的会议室里,秦臻一个人站在报告台上,面对一片灰暗、空无一人的会议室。

她最近经常陷入这样冗长的回忆,似乎与那天的自己擦身而过,灵魂出窍一样地游走在当时的画面里,就好像自己变成了Sui,恨不得亦步亦趋地跟着自己。

秦臻嘴角抽出一个自嘲的笑容,然后惊讶地发现自己居然依旧可以笑得出来。今天是周末,公司并没有安排加班或者其他活动,白鹭在家安安静静地做饭——或许说出去,他的任何一个朋友都不会相信。她却声称有事要忙,开车来到了这里,还鬼使神差地上楼,开锁,转了一圈然后莫名其妙地站在这里发愣,想着曾经那个活蹦乱跳一腔热血的"秦臻"。

"臻臻,回来的时候帮我买一盒淡奶油和小粒蒜头!"——来自白鹭的短信。

她长舒了一口气,对着手机屏幕呆呆地看了一会儿,有种自己穿越了时空的错觉。这明明是白鹭20岁时的口吻,这样的称呼,这样的精神头,让她很想回一句:是本人吗?但她只是慢慢地打了一个"好",就把手机收进了包里。

提着淡奶油和蒜粒,再加上自己临时起意加进去的两根法棍和一袋烟熏三文鱼。秦臻很不能理解为什么自己现在喜欢吃这种以前会被嫌弃死的发酵谷物,又硬而且口感粗糙，握在手里当武器也没有太大问题，她摇了摇头。如果这么说的话，大概也算是潜移默化的改变吧，明明是亲热又温馨的小短信她却已经不习惯，就像是让她现在吃回软糯香甜的低价蛋糕一样，生疏得有些让人心寒。

秦臻缓缓走着，又拿出手机将那条短信放进了收藏夹。揉了揉有些凌乱的头发，走进自家小院子，看着厨房那里亮起的暖光微微抿了抿唇角。

"谢谢宝贝儿！你还买了这么多别的！"白鹭接过她手中的东西开心地笑了起来，仿佛那个现在在厨房里挥舞着锅铲饭勺的人不是华生公司的大股东，而是一个刚满二十岁初通人事的小伙子。对，他现在也并不再是那个站在塔尖的白鹭了，这个居家版的好好先生卖掉了他这数年打拼的成果，现在穿着围裙在这个很久没有人烟的厨房里做着他完全不擅长的料理。

秦臻看着他为了几包食材开心的表情，眼眶有些发热。她伸手揉了揉，觉得那一定是因为白鹭不娴熟的手法弄得整个厨房都是蒜汁或者洋葱之类的，熏到了自己的眼睛，一定是这样，否则以自己现在的修行怎么可能因为这样不起眼的小事就控制不住小小的泪腺。要知道，即便遇上天大的事情，她现在也应该不失仪态地顶住。

她甩了甩头发走回到客厅，环顾了一圈似乎觉得少了些什么。似乎是精致的自转摆件，又好像是以前某座象征着什么项目的创意奖杯,严格审视了一下自己的记性之后,秦臻实在想不起来,甚至开始怀疑自己是不是开始早衰了。就在她像是参观样板房一样走来走去的时候,她注意到了电视墙那里的一个铜质沙漏,但她记不得这个东西是从哪里买来的,或者又是从什么时候摆在这里的。

正当她一脸严肃地考虑这个问题的时候,厨房突然传来白鹭的喊声:"臻臻——"

秦臻手里的东西应声而落,铜质的外框砸在大理石地板上,沙漏的玻璃瓶身碎了一地,发出刺耳的破裂声。

地板上的沙子被餐厅的灯光照得似乎有些发亮,直到白鹭笑眯眯地,拿过吸尘器把它们一点点吸走,最后不留痕迹。

Chapter 7

颠倒
世界

也许每一段情缘中都存在一架看不见的天平，它随时都在左右摇摆，测量着感情的起起落落。很多年以来，白鹭和秦臻也许在外人眼中看起来生活得太过和谐，甚至秦臻有时候会想，是不是所有的问题冥冥中都在悄悄地积蓄力量，只等待合适的时机爆棚而出，将他们的世界搅得天翻地覆。

早晨，秦臻从被子里慢慢钻出来的时候，正听着窗外她十分喜爱的鸟鸣，这让她有一种置身于自然中的美妙感觉，心情也会变得更好一些。她起身慢悠悠地走向阳台伸了个懒腰，盯着远处一棵树上停着的小鸟出神，直到她落入一个温暖的怀抱。让人安心的温度从背后传来，秦臻低头看着环在自己腰上的手，伸出自己的双手握住并交叠在一起，唇边带着一个浅浅的微笑。

"我觉得现在这样真好，不过有一点不满的，就是房子太大了，我从厨房和餐厅都喊你，你都听不到。"白鹭皱起鼻子，认真地说着。秦臻想回他一句什么，但是心里被白鹭塞得有点满，像是焦糖糊了嗓子一样甜腻得张不开嘴。

"还有这个回廊，真的很多余，我为什么要同意那个设计师这么大费周章地乱弄我们的房子。"

"噗。"秦臻笑了出来，被这个少年版的白鹭弄得一脸无奈，她转过身面对着他，看着这张像孩子一样有些委屈和不甘心的脸，伸出手轻轻地摸了摸。

"不过算了，等过一阵你忙完那个重要的事情，我们再选个地方去住，真搞不懂我自己当时是什么心态。"他嘟囔着牵过秦臻的手放在唇边亲了一口，拖着她走到餐厅坐下。

秦臻看着桌子旁边仅剩下的四把椅子，原来那样阔气的排场被白鹭撂了起来堆在一边，整个餐厅的画风变成了很难理解的抽象派。当事人正端着两盘用心做的早餐，笑眯眯地坐到她对面，像是小孩子邀功一样看着自己，让她忍不住想拿给白鹭一根棒棒糖，然后再摸摸头作为奖励。

"还有一点……这个桌子太宽了，离你好远，真是越来越看它不顺眼了。"

"……"秦臻戳着手里的叉子一阵无语，叉起盘子里的培根卷塞了一个到白鹭的嘴里。

她仿佛又看到了那个在狭小浴室挤着漱口的两个人，眼前亲密的早餐时间让她觉得温馨亲切得有些不真实。秦臻端起杯子一口气喝光了里面的甜牛奶，胃里突然饱胀的感觉提醒着她，这确实是真的。

那场突如其来的疾病真真切切地改变了他们的人生。

不过，现在这样恬静又温暖的感觉，让秦臻非常非常的留恋和沉迷，从白鹭出院到现在，她觉得自己比跟他一起登上《××周刊》的时候要幸福得多，甚至她能感觉到这一阵子以来，自己的样子都慢慢变得更年轻靓丽，有了些跟之前不一样的神色，只可意会不能言传。

秦臻几乎偷偷地想过，为什么白鹭没有早一点生那场看似严重的病，否则他们的心就能早一些醒来。

电话铃声响起来的时候，白鹭正慢悠悠地吞下最后一口生菜，秦臻起身去寻找自己的手机，还一边想着，这回居然不是白鹭的手机先响起来。

"臻姐，公司这边请你尽快来一趟，咱们的计划时间被提前了。"

"……"

白鹭慢慢放下叉子，露出了十分遗憾的表情。

"有什么事情就发信息给我，不舒服就打电话，我可能这几天都要在公司忙，晚上加班的话我就不回来了，我们原来的旧公寓离公司近，我就回那儿。"秦臻说完还伸出手去摸了摸他毛茸茸的脑袋。

秦臻在白鹭的叹息声中提着包离开了家门，白鹭的离职让她对自己事业上的要求反而变得更加严格，离开了原来白鹭的经济支持，她自己的事业必须努力维系才不会被激烈的竞争冲垮。

秦臻在公司大楼"风餐露宿"了几天，不知道是否因为白鹭事故后的刺激，她变得不像以前那样适应不回家的生活。

有些昏暗的办公区响起了一个稍微有些突兀的声音。

"你是在睡觉吗？"

禹城难以置信的声音穿透了秦臻的梦。

一个让她大汗淋漓、惊恐交集的梦。

梦境里的她在一个机场的跑道上拼命奔跑，想要赶上一架马上就要起飞的飞机。她跑得越来越快，粗重的喘息声似乎要将整个肺黏合在一起，尽管她已经能看到地勤员已经关上了通向升降梯的门，白鹭站在门口交叠着双臂，朝她轻轻地摇头。

秦臻从自己的办公桌上抬起头，迷迷糊糊地眨着眼睛，拽过一边的纸巾擦拭掉额头上细密的汗水，缓缓看清了自己所在的地方。

自从接到助理的电话之后，她已经暗无天日地连续忙了一个礼拜了。

秦臻数次对此表示惊奇，禹城和Steve是她和白鹭公司的两个同僚，这两位虽然素未谋面但长得非常相似，一个是海外派，一个是内陆精英，并且都对自己有着一定的帮助。

禹城站在办公室门口，身边站着他那个当幼儿园老师的女朋友。一张纸黏在了秦臻的脸颊上，也许是靠睡梦中的汗才黏得这么稳当。

无论如何也要保持良好仪态和风度——这是秦臻的座右铭。

"我以为你从来不睡觉的。"禹城微微笑了笑。

"我只是要休息一下。"她把那张纸从脸上拿下来，暗自祈祷口红没有把自己的脸涂花掉。

"嗨！"她故作轻松地朝这个女孩儿打了个招呼，"我是秦臻，我发誓我平时不是这样的，最近身体有些疲劳。"

"我是苏瑾。"她甜甜地微笑着。苏瑾？秦臻决定不去深究。

苏瑾拥有娇小可爱的身材和一头枫糖色的鬈发，看起来跟禹城十分般配。禹城上一任女朋友是个面容清秀，但脾气变幻莫测的素食主义者，经常在饭店制造麻烦，非要盘问服务生各种菜式都用了什么原料。

"你快迟到了。"禹城说，"你有五分钟时间换衣服。我们在楼下等你。"

好像被他兜头淋了一桶冰水，秦臻从座位上跳起来，一把抓起挂在门后钩子上的手提包。

她几乎忘了今晚是个什么日子，低头看了看手表：五点三十分。

她睡了整整两个小时。这不可能：秦臻从来不打盹。

为什么没电话打进来叫醒？为什么没有人来办公室？

是瑞雯。当然，那张贴在秦臻脸上的纸上写着她字体细长的狂草："我把你的电话都拦住了，告诉所有人你在开会。你需要休息，不然会生病的。"

……

除了名义上是老板，在这办公室里哪件事情秦臻能做得了主？

秦臻有五分钟来作准备，仅仅五分钟让她自己在公布首席执行官名单时看起来像个样子——在一个可能拯救她的整个未来的时刻。

不过，秦臻办得到；似乎她总是能神奇般地从帽子里变出兔子来，或者从口袋里掏出一只鹦鹉。她拉开服装袋的拉链，扯出一条黑色的丝绸裙，这是她的私人导购在星光百货为她挑选的。裙子的款式简单保守，但不失优美高雅。穿好了裙子她就奔进浴室，套上导购塞在服装袋里的一双鞋。鞋十分合脚，鞋跟不太高，而且式样经典。

秦臻在心里默默记下来了这位救场于水火的私人导购，并且决定以后将他添加到形象顾问的名单里去，他能够老老实实地遵照客户的意见，不像上一个，那位导购在送来的衣服里加了一件节日主题的毛衣。

也许秦臻算不上走在时尚最尖端的,但她知道一件衣服上要是有圣诞小鹿鲁道夫闪亮的红鼻子,穿出去可是很要命的。

秦臻定了定神,用冷水漱了漱口,浇了一些在脸颊上,稍稍喷了些香水,然后挪近镜子照了照自己的背影。头发还翘着,似乎还过得去,但黑色的眼袋真是需要上点遮瑕霜,红红的眼睛也需要一些滴眼液。可是,皮包里唯一的化妆品却只有一支口红。

她涂上了一层薄薄的口红,只为了让脸上有点色彩。禹城是对的,现在的她看起来的确脸色苍白,就算是在补了觉以后依然如此。

秦臻告诉自己,在派对昏暗的灯光下面,自己的样子看起来会好些,因为没有吃午饭,说不定别人会认为她的腰部有了更加玲珑有致的曲线。可是最近每天晚上回到家,她总可以在白鹭一脸期待的表情里英勇地补上所有漏掉的卡路里。

不过,现在让秦臻感觉要晕过去的,可不止一个滴水未进的胃。

"今天晚上一定很好玩。"苏瑾唧唧喳喳地说。秦臻对她露出一个微笑,想要摆脱不安的感觉。苏瑾真的很可爱,十分活泼,娇小,友好。

"你可以把我们放下来了。"禹城说,苏瑾迈出出租车时,他付了账。

"她很可爱。"秦臻小声说。

"你这么觉得吗?"禹城问秦臻,司机则在非常费劲地找零。人们有一个理论:大多数出租车司机找零的时候都一点也不急,他们希望超级忙碌的白领们会突然来一句:"不用找了!"然后匆忙离开。

他们走下出租车,禹城把苏瑾娇巧的小手握在手里,一个保镖往旁边一闪,拉开了"午夜EXTRA俱乐部"的门。一股声浪迎面扑来,几乎把人逼退了几步。酒吧里回荡着一支不知名乐队的曲子,调子说不清是悲痛还是狂喜。一个留着杀马特发型,挂着彩色长念珠的女侍者端着托盘来来去去,托盘里簇着红绿相间、荡来荡去的饮料。

"禹城,看到你太高兴啦!"唐卡一边大叫,一边从一小撮人中朝他们走来,"秦臻,我能借用你几分钟吗?"

不等秦臻回答,他已经拖着她经过一个巨大的,从天花板上吊下来的电视屏幕,电视上正在循环播放公司去年的最佳广告片。一个又一个侍者要么戴着宽边眼镜,要么穿着松糕鞋,正递过来一托盘新饮料,这些酒意味着崭新且出人意料的同事组合会在今晚出现。接下来的一年中,每一次组合里的两人在办公室走廊里遇到,都会有人拼命地咳嗽,或者是低下眼睛看着地板。在开完假日派对的几个星期内，公司的办公室听起来就像被大面积的支气管炎席卷过一样。

唐卡指了指酒吧的一个角落，几把超大的豆袋椅在一盏迪斯科灯下堆成一个半圆。

"塞西尔公司有消息吗？"秦臻脱口而出，一边盯着那些椅子一边想，如果在那儿坐下的话，她就再不会有力气站起来了。

"还没有。"他说，"他可能要花几天时间考虑考虑。今年你公司干得非常出色，非常非常出色。"

唐卡的话又小声又含糊，那些充满假日气氛的酒劲头果然很不小。

"谢谢。"秦臻点了点头。

他侧身向秦臻靠近一些，小声道，"我不该跟你说这些的，不过今天下午我们投票了。"

时间在那一刻忽然停止了。秦臻能感觉到手臂上的每一根血管都膨胀了起来。

"什么？"她哑着声音说。

"你是新的公司大中华区首席CEO。"唐卡说。

秦臻闭上眼睛，解脱的感觉瞬间涌遍全身，让她两腿打颤，几乎站不稳；她是B&W公司成立以来在远东地区最年轻的首席CEO。

那些没有去休的假期；那些错过了的影片；那些周日

的早晨她起床工作，其他人则在呼呼大睡、舒舒服服蜷着读《时代》杂志，或者趁着娇美的阳光出门远足的时刻——在眼前辉煌的一刻都以圆满告终。现在，秦臻简直等不及要拿起电话打给白鹭。

她努力让脸上的表情保持平静和职业化。

唐卡叫住了一个从他们身边经过的侍者："给这位小姐来一杯香槟。"

"太感谢你了。"秦臻开了个头，不过唐卡打断了她。

"是你该得的。"他就说了一句话，露出一个微笑。以前秦臻怎么会认为唐卡是个外星人呢？他是所有活着的人中间最温暖、最善良的人了。绝对是无比高尚的人种，应该把他作为展品摆进现代艺术博物馆。

"大概再过一个小时，我会公布结果。"他说，"我还想让你说两句呢。"

"没问题。"秦臻对于这种场合非常熟悉，脸上情不自禁地露出了笑容。

她吞下一大口香槟，以掩饰自己正在努力眨眼睛憋回欣慰的眼泪。对焦渴的嗓子来说，香槟的味道是那样的甜美可口。她爱香槟。她甚至开始自责为什么自己平时喝香槟喝得这么少。就该每天都喝，恨不得在里面泡澡才好。

"好好享受。"唐卡说，"到时候我会给你信号。"

他走开了，秦臻赶紧找到禹城和苏瑾，他们正在看一个企划部同事在橙色和米白色相间的长毛地毯上跳章鱼舞。

"我要宣布一项公司关于假日派对的新政策。"禹城转过身子来宣布道,"绝对不能看同事跳舞或者穿泳装。"

"哈哈哈,太好笑了!"秦臻说着歇斯底里地笑起来。

禹城认认真真地看了看秦臻,她从眼角擦掉了几滴笑出来的眼泪。"你是怀孕了吗?"他问。

"禹城!"苏瑾责备他道。不过与此同时,她也小心地朝秦臻的肚子瞄了一眼。秦臻本能地缩了缩肚子。"你不该问一个女人这个问题好不好……"

"要么你怀孕了,要么你就是刚刚被提升做了首席官。"禹城说,"你比那些熔岩壁灯还要闪亮。"

秦臻忍不住脸上那个灿烂诱人的笑容了。

"你成功了,是吧?"禹城说着用他的酒杯跟秦臻碰了碰,"还好像是个意外似的。"

"恭喜!"苏瑾尖叫道,"你当上首席官了?"

"请先保密。"秦臻恳求他们两人,"唐卡还要过一个小时才宣布。"

"看起来真是开心,"禹城说,"不错。"

"有点承受不了。"他几乎快要跟秦臻一起眼泛泪光,"但我确实开心,真开心。"

"什么事这么开心?"有人把脸凑到秦臻旁边,她都能闻到对方身上橘子味道的剃须水。她把头扭到右边,发现自己正与Roy面对着面。Roy是秦臻公司里的一个策划组长。

办公室里的很多女人都对他有好感。

"这位是谁?"Roy问,转身向苏瑾露出一个微笑。禹城伸出一只手臂环着她,把她拉近了一些。

"苏瑾。"禹城淡淡地说,"我的女朋友。"

Roy举高双手,仿佛在说:"OK,我还没有把主意打到你女友身上哦,不犯规——何况,天涯何处无芳草。"

"什么事这么开心?"Roy问,"你已经是新任首席官了?"禹城开口救了她,"不是,我们只是在谈熔岩壁灯。秦臻非常喜欢它们。"

"真的?"Roy说,"很好。我拿杯饮料过来吧。"

"我不用。"苏瑾说。

"为什么不呢?"秦臻笑眯眯地说。在她一生中如此美好的夜晚喝下几杯香槟,又有什么不可以的呢?

"哇。"Roy说,他的头猛然向前门扭去。陆言雪正在闪亮进场。她还穿着去比稿时穿的那件什么也遮不住的衬衣。衬衫并没有变大,如果有变化的话……她可能只是感染了一场感冒,又瘦了几斤。

Roy像炮弹一样弹射出去迎接她。

"你的酒可能要等一等了。"禹城一脸无辜地耸耸肩。

"谁指望他了?"秦臻挖苦说。到现在为止,已经另有三个男人和Roy一起,争着跟陆言雪搭话。

"我该过去祝她好运。"秦臻挑了一下眉轻轻地说。竞争中的对手互相祝对方好运是职场习俗,像是拳击手在猛揍对手之前,都要互相碰一碰拳击手套。

"我去拿酒。"禹城说,他挥手拦下一个侍者,而秦臻向陆言雪走去。

如果今天一直如此美妙的话,她的疲倦就会不翼而飞,现在秦臻感觉她还可以再熬一个通宵。

离陆言雪只差几步时,秦臻的手机在外套口袋里震动了起来。她拿出手机读起短信:

"你绝对不会相信我在哪里,跟谁在一起。打电话给我。"

秦臻轻轻地笑了,抬起一根手指敲了敲屏幕。短信是她的老朋友连琦发来的,她已经好几个星期没有跟连琦通过消息了,甚至可能有好几个月。今天再晚些时候她就准备打电话给他。收到这个短信以后,秦臻才发现自己着实有些想念他。连琦和自己正式成为朋友是在二年级,当时班里的小霸王在学校的食堂绊倒了一个瘦弱的小女孩,她扑通一声跌在正端着的一盘类似稀饭的东西上。她坐在地上,一边哭一边到处摸眼镜,而连琦已经默不作声地打开桌上的一瓶酱油,倒了一些在小霸王的橙汁里。小霸王灌下一口橙汁，马上吐了出来，溅得白衬衫上到处都是。小霸王握紧拳头，四处张望着找肇事者时，秦臻偷偷踮着脚溜到了连琦旁边的座位上，假装他们一直在聊天。

从那以后他们就成了朋友，甚至连高中毕业典礼都是结伴一起去的，不过这段时间因为发生白鹭的事情一直没怎么见面。连琦还住在他们大学时候的老街区，给《视觉天下》做摄影师。他的一张人像照最近刚刚得了奖，内容是一个九岁的女孩睡在高速服务区加油站的桌子上，室内有个很小的，简陋到令人心酸的脸盆烤火炉，而她的妈妈正盯着一堆还没有付的账单或是借条什么的。

连琦还在呵护着弱势人群呢。秦臻想象着他的脸，露出了温柔的微笑。

这时秦臻离陆言雪已经不远了，在一大堆互相拥挤着试图接近她的男人中艰难地挤出一条道。

"陆言雪？只是过来祝你好运。"秦臻说着伸出手。

陆言雪低头看了她的手半天，才微微地握了握。

"谢谢。"陆言雪说。一个客户主管递给她一杯红色饮料，正好配上她嘴唇的颜色，她笑了笑，露出了迷倒很多人的酒窝。

"我猜还要几天才有消息呢，所以我们可以放轻松了。"秦臻想要缓和气氛，说道。既然马上就要出任首席官，并且要守护现在自己事业来之不易的成果，她需要试着跟陆言雪和平共处。毕竟，说不定她会为秦臻工作。

"噢，我想很快就会有结果的。"陆言雪说着啜了一小口饮料，从玻璃杯沿上跟秦臻对视。

她的眼睛里闪动着光彩，不知道为什么让秦臻感到一股凉气从后背升了上来。

"真的?"秦臻想要装出满不在乎的样子咯咯地笑上几声，谁知一出口却变成了好似啄木鸟一样的嘿嘿笑，虽然有人告诉过她男人们可喜欢这样的笑了。

"怎么这么说?"她调整了一下笑容的准确度。

"唐卡说塞西尔公司还没有决定。"

陆言雪又盯着她看了一会儿，舔了舔闪亮的红唇，而秦臻则强迫自己跟她对视。这是陆言雪的高压攻势，没错，秦臻告诉自己。她想要一举击倒自己，即使是像食肉动物一样舔嘴唇的动作，也许只不过是她在"动物星球"中学来的一招，没准还是自己在家对着镜子演练过的。

"噢，只不过是感觉而已。"陆言雪说着便扭过头去。

秦臻瞪着她的后背，想要摆脱内心的不安。她感觉自己像一只丛林里的梅花鹿，刚刚捕捉到了猎人的气息。有些不对劲。

陆言雪知道秦臻马上就要大获全胜，她只是惯常地耍花招，秦臻告诉自己。没有什么好担心的。不过……为什么她看起来这么自信？她应该跟往常的所有人一样来巴结自己才对。

也难怪,自从白鹭退出这个大圈子以后,秦臻的事业受到了不小的影响,身边的人似乎都开始变得稀少而且安静了下来。随之而来的,一些投机者嗅到了不安的气息,白鹭这支绩优股的消失让秦臻在一些方面的身价也随之降低,这期间不乏撤资或是另寻高枝的识时务者,秦臻对这些也已经慢慢习惯。

她慢慢地穿过酒吧,回到禹城和苏瑾的身边。要相信陆言雪只是想给自己生命中美好的一天泼点冷水。她只是嫉妒。秦臻得忘掉她,开始计划自己的升职感言。她又瞄了一眼手表,这已经不知道是第几次了,唐卡应该快宣布结果了。升职感言要说得又简洁又好听。

"你的酒。"当她走到禹城身边时,他说。

他递过来一杯香槟,秦臻猛灌了一口,香槟的味道没有几分钟之前那么好了。她抬起头看禹城,他正在皱眉。不过,他看的不是自己而是房间另一侧。

追着他的目光看过去,他正盯着唐卡。

"怎么了?"

禹城没有回答。

秦臻转过身,好看清楚唐卡。他在一个角落里踱来踱去,猛按手机上的按键。他一遍遍用空出来的那只手摸自己的秃头,好像正在安抚一只战战兢兢的狗,让它平静下来。之前开心又微醺的劲头消失了。他看起来很惊恐，一双大眼睛在房间里四处瞄，但一遇到秦臻的目光，就低下来看着地板。

仿佛他受不了跟秦臻对视一样。

"禹城？"秦臻感觉地板在脚底晃动，仿佛被扼住了脖子一样的窒息感。

现在唐卡正冲着手机吼叫，但是音乐声太大，一点也听不见他在说什么。

"没事。"禹城说，他把一只温暖的手放在秦臻的肩膀上。秦臻还没有意识到自己的身体这么凉。"他也许只是在跟一个疯癫癫的客户说话。"

"哦，看起来吃的已经准备好了，"苏瑾说，"培根卷好好吃。我们去拿个盘子来吧？"

"让我们再待一会儿吧。"禹城说。他的眼神一直没有从唐卡身上挪开。这时，公司的创始人之一柯罗先生急急忙忙穿过房间走到了唐卡身边。他们两人聚在一起悄悄地打着手势，接着恰恰在同时，他们一齐转过头看向秦臻。

"出了什么事？"秦臻小声说，胸腔里一阵抽紧。

"会没事的。"禹城低声说，秦臻极力想要相信他的话。她感觉自己似乎正在观看一部恐怖电影，主角正要走下一架摇摇欲坠的楼梯，进入一个黑暗的地下室。陆言雪的表现太狂妄了，唐卡看起来又太焦虑。现在唐卡把手机递给了柯罗先生,柯罗正在与人通话。

有坏事要发生了:杀手或者怨灵就在地下室里,等待着主角一步一步走进圈套。

为什么他们在向陆言雪走去?

柯罗先生在握陆言雪的手,她正在微笑,而她的微笑……

"我得——"这句话秦臻再也说不下去了,她的胃在抽搐,好像吃错了东西的孕妇。她冲进洗手间,猛地及时关上了格子间的门。一整天她都没有吃什么,因此喷进马桶的唯一的东西是香槟。

"秦臻?"苏瑾跟着秦臻进了洗手间。"你不会真的怀孕了吧?"

"我只是午餐吃了些不太好的寿司。"秦臻撒谎说,又冲了马桶,盖上盖子,坐到马桶盖上。双腿颤抖得厉害,抖得连她自己都不相信它们能支撑住这个还算是高挑的身子。

"我给你端点水来?"苏瑾问,"还是你要吃点软面包?"

"面包应该不错。"秦臻哑着声音说,她不觉得自己能吃下任何东西,但这样可以让苏瑾离开洗手间,让她一个人待着,熬过恐慌的时刻。她需要保持镇定,而且她是善于保持镇定的,也善于处理各种事情。

我能应付这个，不管它是什么——秦臻握了握拳。

到底发生了什么事情？

按逻辑讲，秦臻知道可能有一百万种解释。也许禹城是对的，也许是一个难对付的大客户，也许唐卡和柯罗转头看自己只是因为他们想要把这个客户交给自己，但最后却决定交给陆言雪。也许是这样。秦臻确信，一定是这样。

事情不是这样。

"秦臻，这是你的水。"苏瑾说着又走进了洗手间。"那个秃头在找你，不过我告诉他你在洗手间。但是我没有告诉他你在吐。现在他要做个演说，所以他说等会儿跟你讲。"

秦臻打开格子间的门。一股摇摇晃晃、歇斯底里的希望像一个气球一样在身体里升起来。有没有可能是她自己错了？会不会是香槟让她多疑了？唐卡马上就要发表演说，所有的事情都在按部就班地进行着。而且他在找她。这一定是好兆头。

秦臻漱了漱口，理了理染得漂亮的头发。

"谢谢你，苏瑾。"秦臻说着接过她递过来的水和面包。

秦臻能听见唐卡在说话，但洗手间的门让他的声音有点扭曲。

"我们要出去吗?"苏瑾问道。

"再给我一秒钟。"秦臻伸手到手提包里,在唇上涂上了一层口红,接着深吸了一口气,看了一会儿镜子里的自己,聚集起力量直到准备妥当。

"嘿!"禹城就站在门外。他示意她们过去,唐卡站在DJ台上,正在对着一个麦克风讲话,其他人都一起簇拥在台下。陆言雪站在人群的前沿位置,脸上挂着一个大大的微笑。禹城离所有人都隔着几步,唐卡和人群他都能看见。

"我错过了什么?"秦臻小声说。

"还没有。"禹城说。

唐卡继续讲话:"……真是一个困难的决定,在我们作过的决定中最困难的之一……"

"……今年她的工作十分出色,她加入公司以后每年都是如此……"

"唐卡说了他为什么找我吗?"秦臻有点等不及地问禹城。

他摇了摇头。

"他看起来怎么样?"

禹城慢慢吸进一口气,迎上她的眼神。"我不确定。"他说,"好像有些事情……出问题了。"

"今天她更是锦上添花。陆言雪不仅赢得了罗杰斯的一单，她还给塞西尔公司留下了深刻印象，他刚刚打电话宣布会把旗下所有的广告宣传都给B&W公司。不仅仅是罗杰斯，而是他拥有的全部七个公司。今天早上，在其他人喝拿铁的时候，陆言雪赢得了一个上千万美元的客户。作为一天的工作，业绩可不算差。"的确不差。

"我荣幸地宣布陆言雪成为公司新任大中华地区首席CEO。陆言雪，请你上来……"禹城站在秦臻旁边。他的手扶在她的肩后："深呼吸。"他凑近秦臻的耳朵小声说，"慢慢吸气。"

秦臻遵照他的指示做，像一个机器人。这是一个噩梦。过一会儿她就会醒来，就会从书桌上抬起头，看见瑞雯的字条。

人头在四周攒动。他们是在看自己吗？看她如何反应？秦臻立刻倒退一步，退到禹城的身后。

陆言雪接过唐卡手里的麦克风，容光焕发地站在台上，掌声像婚礼彩屑一样洒遍了她的全身。迪斯科灯洒下小小的彩虹，照在她光溜溜的金色肩膀和上仰的脸上。她看起来比任何时候都要美丽。

"唐卡朝这边来了。"禹城说。他的语调缓慢且温柔。

"要我给你拿杯酒来吗？"禹城问。

"非常感谢。"这时陆言雪开始说话。

"别离开我。"秦臻请求禹城。

"我就在这儿。"他说。

"陆言雪是首席官?"苏瑾说着皱起她的鼻子。她的声音太大了,在秦臻的脑袋里回响。"你们俩都是吗?"

秦臻的思维慢了下来,像一只耗尽电池的机械玩具。她几乎听不懂人们在说什么。他们的嘴在动,但是只有嗡嗡的鸣叫声,他们的话毫无意义。

"秦臻。"

是唐卡。他站在秦臻的面前,还在用手摸着头。

"对不起,我很抱歉。我们可以到边上来谈谈吗?"他说。秦臻默不作声地点了点头。每次抬起一只脚都需要她花掉全身的力气,秦臻跟着他走到酒吧的一个角落。

不久前就是在这个角落里,他告诉秦臻,她赢得了首席官的位置。还是同样的豆袋椅,同样的熔岩灯,一切怎么还是原样,好像这个世界并没有颠倒过来。

"一刻钟之前,塞西尔公司打了电话。"唐卡说。他看着秦臻的左肩,而不是直视她的眼睛。"他把所有的业务都交给了我们。陆言雪肯定在他身上下了好一番功夫。然后陆言雪威胁说如果得不到首席官位置的话,她就要跳槽,而且要带走塞西尔公司的全部业务。她逼着我们表态,所以我们召集了一次紧急投票。她赢了你一票。"

秦臻又点了点头,仿佛一切很合理。

"你该获得这个职位的。"唐卡说,"我还是投票选的你。"

他在试着让秦臻不那么难过。就像快餐店店家少放了一点牛肉,但多分一些额外的薯条做补偿。

"你在公司的前途还是光明的。"唐卡说,"十分光明。再过几年,谁知道呢?"

秦臻努力想挤出一个词,却什么也说不出来。喉咙像是被堵住了。

"我要回台上去了。"唐卡说,"你还好吧?要我给你拿点什么吗?"

秦臻努力做出平静的样子摇摇头。

挺好;只不过身上太冷。

"我们待会儿再谈。"唐卡说,"明天一起吃午饭吧,我们想个办法出来。"

他走开了,就在这时,秦臻看见同事们纷纷把脸转向了自己,刚开始是一两个人,接着人越来越多,好似体育馆里的球迷掀起了人浪。陆言雪已经做完了演说,唐卡还在朝讲台走。他的动作吸引了所有人的注意。秦臻在众人的目光中仿佛一丝不挂。所有人都盯着她,脸上是好奇和同情的表情。所有人都知道她失败了,她还不够强大。

秦臻努力地四处张望着,看见了一个红色的出口标记。她甚至不确信是怎么到那儿的,但一定是跑去的,因为她突然冲出门跑到了人行道上。人行道上有个乞丐坐在倒翻过来的牛奶箱上摇着一只塑料杯里的硬币，人们在街边一家饭店的门口排队。红灯刚刚亮起来，一辆汽车便打着滑穿过了十字路口。日子一如平常，尽管秦臻的生活刚刚炸成了一堆残破不堪的碎片。

秦臻的新鞋把脚跟磨起了皮，夜晚寒冷的空气穿透了薄薄的衣料，但她一直没有停下脚步。提包和外套被忘在酒吧里了——她模糊地记得跑向酒吧出口的时候，提包从肩上滑了下来，里面的东西散了一地——但这没有关系。

目前最重要的事情，这个世界上唯一重要的事情，就是要把每一分注意力都放在走路上。如果身体一直不停下，也许她纷乱的思绪就会停止。

秦臻慢慢地不再感到恶心、惊恐或者绝望，但她知道这些情绪都潜伏在附近，像笼子里的动物养精蓄锐等着扭开锁，以便再次扑出来。她必须继续走；而且不能放出那些动物。另外，她暂时没地方可去，而且受不了再走回酒吧面对所有人。没有钥匙，动不了车。没有信用卡，不能去酒店。手机也丢在了那个手包里。她唯一能做的一件事就是漫无目的地走下街道，走上林荫道，在城市里游荡。身边穿着大衣、拎着皮包，在傍晚通勤的人们渐渐换成了外出约会的情侣们，还有一群群吵闹着去酒吧的人，去商店购物的人和去电影院看电影的游客。

"嗨，美女！"

当一个瘦削的红发男人突然朝秦臻跌跌撞撞地走过来时，她感觉自己已经走了好几个小时。那人举起手，好像那是一个停止标志。

秦臻瞪着他，仿佛他说的是梵文。他穿着西服，但是衣领已经破烂，右脚的鞋子上没有鞋带。

"想喝一杯吗？"他吃吃地笑着问。他的黄牙看起来像是属于另外一个人，比他要老得多的人。当他微笑时，秦臻注意到他的门牙戳了出来，像是某种怪兽的獠牙。

"还是你想来点别的？"他冷笑着，表情一下子从友好变成了愤怒，就像硬币翻了个面。秦臻四下张望着，她并不熟悉这个街道。一只瘦瘦的狗在嗅着一个垃圾桶，周围商店的店面都包着银黑色铝皮的栅栏门，上面有一些杂乱的涂鸦和小广告。她没有感觉到害怕或者愤怒，除了深入骨髓的心寒，什么也感觉不到。

秦臻步伐轻盈地绕过那个醉汉，仿佛他只是空气。他朝着秦臻的方向大叫大骂，可是她没有停下脚步，好像想要一直走下去，就像阿甘一样到达这个国家的一端，再转头朝另外一条海岸线出发。

她想起她和白鹭刚到这座城市的时候，想起他们一路披荆斩棘走到今天，想到白鹭轻描淡写放弃掉来之不易的成就，想到自己倾力守护的最后一点东西还是淹没在了冷漠的商场中。看来上帝有时候也是公平的，它永远不会让一个人得意太久，也不会让人安逸的生活一成不变，它轻轻地一挥手，就可以将你微小的世界颠覆。

秦臻突然有点理解白鹭的决定，她现在只想回到那个他们共同构建的家。

她经过一家24小时酒吧和一家食品店，店门口堆满了一桶桶红色的花。她踩过小孩玩跳房子画的粉笔线和啤酒瓶褐色的碎玻璃。她一直不停地走，鞋在人行道上啪啪地踏出了稳定的节奏，回荡在这个她深爱的城市。

过了一会儿——也许一个小时，也许三个小时——秦臻走到了一条认得出的街道。她站在街角，抬头看着路牌。

不知道为什么，她绕了一个大圈，现在离自己的办公室只有两三条街。温度已经降了15℃，周围在起风，雷雨就要来了，她的牙齿咯咯地打战，再也感觉不到自己的双脚。

一个念头在她麻木的大脑里蠢蠢而动。秦臻的书桌抽屉里放了一套私人公寓的备用钥匙，还有几百元现金，以备急用。

现在办公室不会有人的，他们都还在开派对，她可以溜进大楼里，然后可以回家吞一片安眠药蒙头大睡，忘掉一切。

秦臻向右转身，朝着自己的办公室继续向前走。

"要我给你开盏灯吗?"保安问道。

就在刚才,秦臻敲了警卫岗的玻璃窗户,他放下餐叉和方便面,让她进了大楼。她嘟嘟哝哝说完"把钱包掉在了出租车上"之类的一通话以后,他用万能钥匙打开了办公室的门。

"我来开灯吧。"秦臻的声音听起来十分沙哑,好像已经接连叫嚷了几个小时。"谢谢你。"

"您注意身体。"保安朝秦臻点点头,一边朝电梯走去,一边吹口哨哼着一首听不懂的歌。

秦臻在书桌后的皮椅上坐下来,伸手去够装有钱和钥匙的抽屉。还没有打开抽屉,她注意到书桌上有些异常。有人把秦臻的签字笔、奖座,还有笔筒都挪到了一边,腾出空儿来在中间放上了一瓶巨大的香槟。瓶身上贴有一张银色卡片。

秦臻拿起卡片,一边读一边苦笑。

"祝贺我们最新上任——也是最年轻的——大中华地区首席执行官!"卡片上用金色的花体字这么写着。

送卡的是公司在国外的董事会。

她拿起那个沉重的瓶子,在手上转了一圈又一圈。是酩悦香槟。

挺不错的:尽管在背后戳了一刀,至少他们对自己并不小气。

秦臻突然感觉非常非常口渴，一定是走了好几公里，吸了不少公车和出租车的黑色尾气，喉咙疼痛难忍，连吞咽也十分困难。她扯掉包裹着瓶颈的锡箔和金属线，用大拇指弹开了软木塞。泡沫像瀑布一样流满双手，她完全顾不上它，贪婪地从瓶里喝了一大口。

桌上的电话突然响起，秦臻差点把沉重的酒瓶砸在自己的脚趾上。

谁会在这个时候给她的办公室打电话？她瞄了一眼墙上的时钟——在周五晚上的九点半？也许是禹城，或者唐卡。他们可以留言，现在她不想跟世界上任何一个人说话。

电话响到第三声的时候，她终于瞥了瞥来电显示：是连琦。连琦总是让她感觉舒服。

从初中三年级开始，秦臻的老式首饰盒的小格子里就塞着连琦送的红绒布，上面写着"做我的人"。

"臻臻！"连琦大叫道。他的声音很开心，很激动，"我整晚都在打你的电话，但你既不接手机又不在家。我真的不敢相信你还在办公室里！"

"是啊。"秦臻揉揉额头，"要开一个会，走不了。你怎么样？"

"好得不得了，"他说，"真的好得不得了。"

秦臻闭上眼睛，想象着连琦。他的棕色及肩长发似乎永远是乱乱地卷着，体形并不丰满，不过却很结实，一双手按身材比例似乎太大了些，不过很有安全感。他的木质边框眼镜后面有一对热诚的眼睛；总在牛仔裤的侧兜里放一个手帕，仿佛放的是钱包一样。连琦的脖子上至少挂着两台照相机，在高中时，人们认为他是怪人，不过那是因为有些人看不出他是多么亲切、善良、好交往。

突然之间，秦臻十分想念他。

"你肯定不会相信今晚我遇到了什么事情。"连琦说。

肯定比不过我的这个晚上，秦臻想着，毫不犹豫又灌下一大口。

"我被困在电梯里三个小时，"他说，"你知道金茂中心的那个车库吗？我去书店买书，回去取车的时候被困在负一层和负二层之间了。消防员花了好长时间才把我弄出来。"

"真造孽。"秦臻接口，顺势盖住一个哈欠。

接这个电话是一个错误。今晚她大概没有办法正常聊天，即使跟连琦也不行。筋疲力尽的感觉已经像波浪一样不停袭来，秦臻极其想要听从它的召唤，渴望一头瘫倒在自己的床上，钻进蓬松的羽绒被，把自己的枕头蒙在头上，在黑暗里蜷起来。

"唔，至少你还有东西可以读。"秦臻说着小心地把电话放在耳朵和肩膀之间，用空出的一只手打开抽屉，另一只手则死死地握着香槟。

钥匙安然无恙地躺在原处,几张100元的钞票用一只曲别针别在钥匙旁边。

她听见连琦的旁边似乎有个女人咯咯地笑。

"……"秦臻需要挂电话。

"你猜我在电梯里遇见谁了?"

她现在真不想玩这个游戏。

"不知道。"秦臻回答。虽然秦臻尽量不要显得无礼,可是连琦太开心,太能聊了,而她真的需要回家。

"我给你一个提示。"他说,"她是红褐色头发哦。"

"没染过的!"一个熟悉的声音叫嚷着。

这一次秦臻真的摔了香槟瓶:"Shit!"

"秦臻?你还好吧?"连琦问。

秦臻抓起香槟瓶,以免洒更多的酒出来。

"叶青?"她用试探的语气问。

"再没有别人了。"叶青咯咯笑道,她一定是在连琦旁边,他们的脸一定靠得非常近,好把手机放在中间,让两个人都听得到。他们的脸颊说不定保持在很来电的距离,刚刚好没有让脸碰上脸。

"真是巧遇。"秦臻冷冷地说了句。

"辛苦这么一趟之后,我们都饿坏啦!"连琦说。

……

显然这个天然呆不晓得就在几个小时之前，自己遭受了多大的冤屈，要不然天晓得这个叫叶青的长舌妇会对自己落井下石地说些什么。

"英勇地辛苦了一趟。"叶青补上一句。

"是的！"连琦同意道。

"嗯，你很英勇。"叶青说，"连琦把他的那瓶水给了我。"

"但你坚持让我喝一半。"连琦说，"所以你很不错哦。"

闹什么鬼！？为什么他们像老夫老妻一样互相给对方圆话？

"不管了，"连琦说，"我们马上要去那个泰式餐馆吃晚饭。记得吗？就是上次你到市中心的时候我们一起去的那个地方。"

"我们一起吃了加甜辣酱的烤鸡肉、脆皮春卷，聊了几个小时。餐厅里的音乐真好听，每张桌上都有许愿蜡烛。驻场歌手还会让你点播呢。"

"实在太好笑了。"秦臻说着又灌下了一大口香槟，"天生一头红发？不是吧，叶青？"

"我可是给他看了证据的。"她说。

秦臻闭上了眼睛。突然，一种近似于仇恨的情绪像一只拳头一样牢牢攫住了她的胃。

"她给我看了她上臂的汗毛。"连琦飞快地说,"世界好小。"

"你们真棒!"秦臻装作十分开心地接嘴。

"你怎么没有早点告诉我连琦现在变得有多帅!"叶青说着大声笑开了。

现在秦臻简直能够看见活生生的叶青了:她把一只手放在连琦瘦削的肩膀上,从他的肩头拂下一块食物的碎屑,斜倚过去从连琦的叉子上咬上一块东西。

秦臻的五脏六腑都收紧了,好像有一只巨手正在抓住它们无情地揉捏。

"常丰今晚在干什么呢?"秦臻貌似随意地问。常丰是叶青的正牌丈夫。

"工——作。"叶青说话时把词拖得很长,让"工作"两个字听起来冒出"无——聊"的味道。"老样子,就跟你一样。你现在在办公室干什么呢?"

"我看我们的春卷上来了。"连琦说。

"我还要一杯酒。"秦臻听见叶青告诉侍者,"连琦你呢?"

"当然。"他说,"我们要好好喝一杯。"

叶青大笑起来,是那种十分亲密、互相了解的笑,听在秦臻的耳朵里好像一个密谋叛乱的贼子的咯咯笑声。"你确定?你不是告诉我说一杯就站不稳了吗?说不定我还要开车送你回家呢。"

秦臻从凳子上跳起来,那是她跟连琦的专属笑话。

"待会儿再打电话给我,亲爱的。"叶青说完电话就收线了。

秦臻吞香槟的速度太快了,它流下去的时候秦臻感觉烧嗓子。

她怒火中烧。

叶青已经有丈夫了,一个有钱有势的男人。为什么她还非要证明自己是多么难以抗拒?她不知道连琦跟自己是兄弟一样的铁杆朋友?不知道连琦曾经喜欢过自己?但这并不重要。秦臻从来没有告诉过她自己和连琦之间的事情,但叶青应该知道连琦是秦臻的朋友,世界上只有这个人了解她跟白鹭的一切,并且善良地守着他们20年来的感情。

秦臻在办公室走来走去,愤怒又委屈的热泪盈满了眼眶。

她不顾一切地想要拿到公司最安稳的位子,可是机会却落到了陆言雪手里,只因为她更不择手段。

相识20年的朋友跟叶青一起过了几个小时,就把那个女人放到了要好朋友的位置,还摆出一副相见恨晚的样子。

书桌上放了一个金色奖像,似乎证明了些什么。秦臻已经出现了早期症状的腕骨综合征，身体越来越糟糕，最近头痛也一直没有停过。秦臻已经35岁了，在世界上唯一实实在在拥有的东西是她的工作，而在为其奉献了一切之后，它背叛了自己。

秦臻想脱下自己的皮囊，想大喊着跑过城市的一条条街道，想蜷起来躲回老家的小书桌下自己抱头痛哭。

还想成为任何一个人，只要不是她自己。

还没有意识到自己在做什么，秦臻猛地拉开办公室的门，大步穿过阴暗的走廊向会议室走去。

陆言雪的故事板还放在支架上。秦臻拉下幕布，瞪着她的广告案。

她倒退了一步。

秦臻一直在猜想她的广告创意，但从来没有想到会是这副模样。

她用了一个真实生活片段作为广告。因为过于简单，她的广告流露出一股青涩的学生气：两个漂亮的、二十多岁的女人并排站在洗手间的整装镜前面，谈论着各自的唇膏。其中一个女孩不相信罗杰斯可以让她的薄嘴唇看起来又丰满又漂亮，但她的朋友让她试了一试，她被说服了。

这东西给陆言雪赢了千万美元的新业务？就这种老套的，被用滥了的招数？！

当然不可能是这东西给陆言雪带来了成绩，秦臻不由得闭上了眼睛。陆言雪也做了足够的调查，这一点毋庸置疑，但她的调查与秦臻不同。秦臻查的不是塞西尔股东先生最喜欢的饮品，也不是他最喜欢什么样的餐点。但陆言雪研究了他，找到了一个男人自尊的漏洞，并且趁虚而入。上周陆言雪突然去作了一趟神秘旅行，就连她的助理也不知道她去了哪里。她或许是飞去香港，设法跟塞西尔公司老总见了一面。

秦臻一边想，一边盯着她的故事板看。陆言雪从一开始就执行了必胜战略，她到底还是比自己豁得出去。

秦臻举起香槟酒瓶，作势敬了一杯：干得好。她闭上了眼睛，又把酒瓶举到了嘴边。接着跌跌撞撞地迈开腿，差点绊了一跤，只好抓住一只椅子背，才稳下了脚步。香槟的酒劲终于上来了，让她的满腔怒火和痛楚熊熊地蔓延开来。

"做梦也别想我会叫你老板。"秦臻愣愣地笑着，嘟嘟囔囔地说，朝着陆言雪的广告案挥了挥香槟瓶。

她想要转身离开，正要出发躲到家里那张安全舒适的床上，走廊里传来了脚步声。最好不要是小偷，秦臻模模糊糊地想。实际上，秦臻倒有点希望是个什么坏家伙。若是在他头上砸烂一个香槟酒瓶的话，感觉应该不错，那样就能宣泄一些内心的愤怒和伤痛。

秦臻尽量保持安静，举起酒瓶喝起来，结果因为她扶在凳子上的手松了，整个人跌在了陆言雪的故事板上。她叮咣乱响地摔倒在地，故事板盖在了身上，压着她的脑袋在地板上重重磕了一下，给整件事画上了一个华丽的句号。

Chapter 8
不曾远离

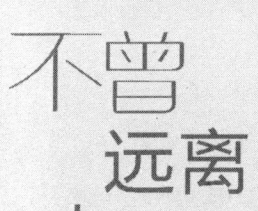

秦臻无数次幻想过自己离开这间办公室时的情形。

前呼后拥中,自己穿着最棒的高级定制礼服,或是正式有格调又不失温柔美丽的职业装,把片染的长鬈发挽成一个优雅华丽的发髻,或是把它们统统弄直柔顺,搭在她平滑骨感的肩头上。气度翩翩的步态,柔和又大方的笑容,明亮而自信的眸子,顾盼流转的,仰或神采飞扬的眼神。

总之没有一样与她现在的情形吻合。

蜜糖色的发丝松松地在脑后系成一个低矮的马尾,用的是不知在哪儿翻出来的金色发圈,上面还嵌了一枚深色的不知是什么水晶,造型略显浮夸。

有那么一小会儿,她觉得这个发圈一定是白鹭用一种蠢蠢的表情不知道在哪个购物中心被骗了几百块买回来的,然后自己就那么随手拿起来扎到了头发上。

秦臻大开着办公室的所有灯,一个一个地拉开自己办公桌的抽屉,再把抽屉里的物品一件一件地拿出来,摊在桌子上或者地板上。

秦臻像是一个刚刚拿着学位证，开完结业典礼的大学生，脱下了学士袍回到了居住许久的寝室，收拾着几年来一点点堆积的物品和记忆，把钥匙交还给楼下大厅里的宿管阿姨，然后又哭又笑地拖着行李或者大纸箱子弄上某一辆车驶离。

不过她只装了一个并不算太大的牛皮纸箱，一个人完全可以搬得走的重量。

秦臻在邮件里交代了每一项工作的进程和细节以及对瑞雯的祝福和感谢，随后毅然转身关上了这个房间的门。

即便是作为败者，也要不卑不亢地，潇洒地离开这个搏击了很久的舞台，带着观众的敬佩、掌声，以及疲惫不堪或是伤痕累累的躯体。

然后心安理得地窝回自己的港湾，享受余下的恬淡而惬意的小日子，电影里总是这么安排的。

原来秦臻从不祈望自己是那个站在金字塔尖的女王。

秦臻回到了公司旁的老公寓里，在床上整整躺了三天。

宿醉和头痛倒是痊愈了，身体出现了相反的症状。

她只想沉浸在深深的没有梦的睡眠中。拉下百叶窗，让黑暗和寂静包裹着自己。关掉手机，任由收到的邮件在邮箱里堆了一堆又一堆。

睡了一个小时又一个小时，只偶尔醒来从柜子里再取出一条被子加到身上，或者从床头柜上的水杯里喝上一小口。好像一个受了重伤的病号为了加速痊愈而被麻醉昏迷，身体正在自愈，带秦臻远远地脱离痛苦，进入睡眠中暂缓一口气。

有一次秦臻听见有人敲门，但她用手把枕头捂在头上，他们终于还是离开了。她又陷入睡梦中，时间过得飞快，疲倦的身体急需休息。

到了第四天，秦臻终于起了床，一步一步小心地走到了浴缸边上，调暗灯光，把浴缸放满烫得不得了的热水，加了一整瓶泡泡浴。

秦臻喝着一杯带蜂蜜的大吉岭泡了一个小时，意识却还是一片模糊。仅仅泡茶和放洗澡水两件事已经再次让她筋疲力尽。

秦臻躺在浴缸里，大脑一片空白，只剩下自己正用手指在浴缸的泡沫上茫然地画着一些不知名的图案。她觉得自己跟一切都失去了联系，就像一只易碎的陶瓷杯被一层一层包裹在报纸和气泡包装纸里。在这个小公寓中，什么都伤害不了她，这让秦臻感到安全、温暖。当手指被泡软泛红之后，她拔起浴缸的塞子，穿上一件旧T恤，磕磕绊绊地又走回了床边。

过了几个小时，她醒来听见公寓门打开的声音。

秦臻没有力气动弹。如果是个贼的话，他想拿走什么都行，只要把床给留下。她想要永远躺在上面，搂着她的蓝色羊毛枕头，让意识躲在一个柔软的地方，不受现实世界的骚扰，"秦小姐？"

来的是公寓大楼的管理员。

大多数公寓管理员都彻头彻尾地体现出高档公寓的气质，无一例外地佩戴着手表，大方地敞开着衬衫的前两颗扣子，走起路来一脸的器宇轩昂，"我要进来了，没问题吧？"

秦臻又闭上了眼睛。也许看见她在睡觉，他就会离开。

"臻臻！"

这次是另外一个人的声音。

是白鹭。

她应该起床给他们弄些茶喝，秦臻模模糊糊地想，但四肢都像灌了铅，根本挪不动。也许他们可以自己照顾自己。

"天啊，如果她干了什么傻事——"白鹭在说话。

"把那个棒球棒递给我一下，谢谢。"管理员说。

"干什么？"白鹭问。

"如果是入室抢劫的话，那个浑蛋可能还在这儿。"管理员说话的口气很是见多识广。

"天哪,"白鹭说,"给我闪开。"

卧室的门吱的一声打开了。之前应该喊人让管理员修好吱吱叫的门的,正好他在场,再方便不过了。就像命运,天意。命运和天意之间有区别吗?秦臻开始迷迷糊糊地想。如果有的话,那是一个给上天的命题。

"秦小姐?"管理员对着她的脸直喊,"你能听见吗?"

秦臻抬起眼皮。

"臻臻?"白鹭挤开管理员,几乎把他撞倒,然后出现在秦臻的床边。

"嘿,"他温柔地说,低头凝视着秦臻,把她的钱包和那天丢失的所有东西放在床上,"我给你带这个来了。"

秦臻抬起手轻轻地挥了挥。

挥手这个动作真好看,她一边想一边看着自己的手轻轻来回舞动。如果你动作足够慢而且张开五根手指,那它看起来会像一把扇子或者一朵即将盛开的花苞,嗯,果然应该多挥挥手。

"你感觉还好吧?"白鹭问。他身上穿的是休闲装。他一定是直接从——不。她的思绪嗖的一声缩了回来,像一只从火炉边缩回的手,这会儿她不要想那些。

"还好。"秦臻想要说话,但吐出口的是一串嘶哑的声音。她清清嗓子又试了一次。

"还好。"她说,"想睡觉……"

秦臻再次闭上眼睛,意识又开始漂移。

"她可能嗑药嗑多了。"管理员说,"我们可能得把她放到冷水下面冲一冲。"秦臻睁开一只眼睛想要瞪他。

"臻臻?"白鹭说着向秦臻斜了斜身体。他的衣服上有一块微微丢人的红斑,看起来像意大利面酱或者披萨酱留下的。

"臻臻,你吃过东西吗?"白鹭问。

"唔?"

白鹭啪地打开她的床头柜抽屉,急匆匆地翻了一遍,接着脸朝下用手撑着趴到地上,在她的床下瞄来瞄去。

"你没吃药,是吧?"白鹭的声音从浴室传来。秦臻希望他不会注意到自己洗完澡没有擦浴缸。

"看看她的瞳孔。"管理员一边建议,一边从衣兜里拿出一支袖珍手电筒照在秦臻有点苍白的脸上。

……这个小个子男人真烦人。秦臻又用枕头捂住脸,希望他收到暗示赶紧离开。

"臻臻。"白鹭说,"你能告诉我今天的日期吗?"

她拿下枕头,好不容易挤出一个笑容以示安慰。

应该够了。她又闭上了眼睛。

秦臻听见他们俩在房间角落窃窃私语,其实,这挺让人安心的,好像有人打开了电视机,调小音量在收看一部肥皂剧。

"只有安眠药。不过只少了一颗……"

"酒呢?"冰箱的门打开了又关上,接着秦臻听见有人在翻自己的柜子。也许他们在找吃的。按理说她应该很饿,但却没有一点胃口,这点倒是不错,这样就不必为了吃东西勉强自己起床。

"……我一个阿姨有一次犯了……同样的症状……"

"……医生?"

"……打电话叫人来?"

秦臻又向羽绒被里缩了缩,蜷起身体让自己尽可能地舒服一些,就像一只小松鼠蜷在巢里。几乎又一次陷入了睡梦中,直到一句话穿过迷雾到达她朦胧的意识。

"我找到了她的通讯录,"白鹭说,"我马上打电话给我的岳母。"于是秦臻从床上一跃而起,掀开被子,用尽力气扑住了白鹭。

他露出了一个得逞般的笑容,明亮得像个小孩子。

两个小时以后,秦臻坐到了沙发里,身上暖暖地裹着浴袍,膝盖上还放着半碗鸡汤面。白鹭在她的食品柜里找到了一个罐头——这大概是这所房子里食品类唯一的东西了——加热过后他看着秦臻吃掉了每一勺。尽管面汤的口味并不是她很喜欢的,但秦臻还是尽量乖乖地咽了下去,免得白鹭像是带孩子一样地在一旁监督。

秦臻睡着的时候窗外下了雪,街道上倒是打扫得干干净净,积雪堆在树下慢慢消融。

但树梢还稍稍缀着一些花边。冷冷的明亮阳光是个明确的提示:现在是中午。秦臻花了一会儿工夫才想出今天的日期:似乎是星期二。

"我还好。"这句话她是第一百次说,"我只是有点累。"

秦臻感觉还是很疲倦,但她知道不能再躲回床上睡觉。她必须开始收拾自己的生活,或者说要收拾上一次塌方之后剩下的碎片。手机信息闪个不停,上面有16条新消息和15个未接来电,大多数是白鹭传来的。

"我还以为你做了傻事。"白鹭说,"如果你真有那么傻的话,我就咬死你。"

"你说话时机的把握总是这么醉人呢……"秦臻有点愣愣地盯着他,然后有点傻傻地笑了起来。白鹭瞪了她一眼,眯起眼睛笑了。

秦臻一直都很爱他的微笑,他脸上满溢着灿烂的笑意。突然,一阵深入骨髓的悲哀从内心升起来。她只有35岁,虽然她的皮肤和容颜保养得当,并未遭受太多风霜侵蚀,但她感觉自己已经很是沧桑。她的眼睛胀痛,好像在昏暗的灯光下不停不歇地读了很久。她感觉体力透支,仿佛自己的气息就快要用尽。而且在某种意义上,她的生活的确已经画上了句号，至少那种她自己所熟知的生活方式已经再也回不来了。

"所有人也都知道我失败了，还输不起一样地辞掉了工作，每个广告公司都会听到风声。你知道小道消息传得有多快，大家不会给柯罗打电话要求推荐信的；他们只会找我们公司里认识的人问情况。公司的人什么都会说。他们会知道我的事情，知道我的丈夫退出，我这个妻子事业失利卷包回家了。"

白鹭叹了口气："那又怎么样呢？你犯了一个小失误。这么多年，就犯了一个小失误而已。"

"输了就是输了。"秦臻叹口气。她勉强笑了笑，可是收声太快，听起来像一声咳嗽。

白鹭摇了摇头，说："你应该留下来，或者我们可以去休个假，再回来做你想要的。我卖掉的股份和那些东西不会比那个毒妇赚得少哦。"

秦臻低头看着自己的膝盖，想着白鹭的话。

突然之间她似乎又回到了少年时代，回到了进入高中的第一个月。秦臻正在替化学老师送一张便条给校长，因此抄近路穿过一条走廊，走廊里有高年级学生的储物柜。她还记得那些储物柜关闭时发出的哐当声，记得磨损了的地面胶，还有弥漫在空气中的旧袜子发酵的味道。她身穿前襟打褶的崭新上衣和一条粉色花裙正大步穿过走廊，老师从整个班的学生中间选中了自己。突然间她就已经站在空空荡荡的寓所里，灰尘在阳光下飞舞，她的脚边放着两只行李箱，左手牵着白鹭的右手。

"我不敢相信你只有这么点东西。"白鹭拎起一只行李箱说。

"女孩子不都是行李一大堆的吗？"

"我有好多东西。"秦臻回嘴说，"我运了一卡车到二手商店呢。"

"四分之一卡车。"白鹭纠正道，"你的发带呢？你的衣服呢？还有你那一大堆讲如何用冰块和保鲜膜取悦大众的杂志，上哪里去了？"

"首先，我十岁的时候就不看《昕薇》了。"秦臻翻了个小白眼说，"再说，发带？光是知道'发带'这个词，就已经说明你有多么落后了。"

"现在谈的是你的毛病，不是我的哦。"白鹭一把揉乱了秦臻的头发说。

跟他拌嘴感觉很微妙，让人感觉舒适，似乎一切都很正常，尽管在平静的外表下，她感觉自己好似薄脆的冰，只要轻轻一敲就会裂开。

"说来听听，今天晚上有什么计划？"秦臻晃了晃手臂，"吃外卖，看电影？"

"当然不是。"白鹭说，"这是你在这儿的最后一个晚上。我们要出门。"

　　白鹭拎起另一只行李箱，秦臻锁上门，他们一起向电梯走去。路上她没有回头，哪怕只是一眼。他们必须向前看，不能回头。

　　秦臻回公寓恢复了一点精神之后便停止了记忆的回放，她跟着变成好主夫的白鹭来到大厅时，秦臻走到脸上永远挂着微笑的门卫旁边，把钥匙交给他。

　　别想太多，她努力地说服自己，把事情做完。给他钥匙时，他已经摊开手了。就是现在，交钥匙。

　　"给你。"她一下子伸手进钱包掏出一个小小的信封，里面装着给郝叔提前准备的圣诞红包。郝叔快要六十岁了，是个可靠、结实的汉子。这栋楼要是缺了他，估计会运转不畅。每天他会身穿干练利落的白色衬衣和一套常年不变的蓝色西服准时出现在大厅里，随时关注着门口的动静，只要一有人来，他就立刻动身打开门。秦臻刚想对他说点什么其他的——谢谢他多次把寄给自己的邮件收在他的桌子底下，或者在雨中为她拦出租车——可这时候一对住在楼下，跟秦臻不怎么熟的年轻夫妇冲出电梯，风一般向这边跑过来。

　　突然间他们三个人已经在叽里呱啦地说话，冒出一些诸如"化疗"、"女儿"和"祈祷"一类的词语。郝叔一边悄悄地从眼角抹去眼泪,一边说:"缓解了。是啊,医生说病情缓解了。"

他们拥抱了他,先是妻子,随后是丈夫。那位丈夫刚开始只是伸出手来准备握一握,但在最后却改变了主意,拉过郝叔,拍着他的背给了一个用力的拥抱。郝叔微笑着点头,一遍又一遍地说:"谢谢你们,好人一生平安!"

"他的小孩得了癌症?"白鹭小声对她说。

"我猜是的。"秦臻小心地放轻了声音。

秦臻低头看着手里那个样子普通的白色商务信封,郝叔还在跟那对夫妇说话,感谢他们在他女儿住院时候给他做牛肉面。秦臻的信封里放着50元,连祝福卡都没有附。秦臻也不知道他的女儿生了病。她只是在好几年前急匆匆上班的路上朝郝叔笑一笑;或者在晚上溜进大楼时心不在焉地谢谢他帮忙开门,通常那种时候她的两只手都没有空,又是拎公文包又是拿着外卖,脑子里装满了宣传词、创意设计、故事板之类的东西。郝叔对她的意义,并不比大厅角落的塑料装饰树大多少。

秦臻不由得浮想联翩:他的女儿有多大了?她叫什么名字?她的病还会复发吗?他怎么可以在自己的世界摇摇欲坠时,还每天微笑着给自己打开门?

"好了吗?"白鹭说。

"当然。"秦臻说。

但是接着她伸手到钱包里，掏出所有的50元钞票，一股脑塞进了信封。秦臻把信封放在郝叔的办公桌上，趁他还在跟那对年轻夫妇聊天时偷偷溜走了。

"抱歉。"

门在身后关上时，秦臻悄声说。声音小得没有人可以听见。

"现在去哪里？"钻进一辆黄色出租车，她眨着眼睛问白鹭。

"首先，我们去把你的行李放下。"他笑眯眯地说，"我希望你把这些跟工作相关或者其他什么的都先放下。"

"你绝不会想到这是个仿制包，对吧？"秦臻是第十次问这句话。

他们坐在Picass餐厅一个角落的位子上，新买的包让秦臻觉得好玩。

"以我母亲父亲，还有我的身家性命起誓，如果你把它放在真的这个牌子的包旁边，我绝对看不出一丁点区别。"白鹭一脸严肃的表情，把一只手按在心脏的位置。

"呸呸。"秦臻拿着包拍了一下他的头说，"你就是嫉妒我的才能。"

"绝对是的。"他附和道。

"这条线是缝歪了吗？"她一边奇怪，一边靠近包细看。

"你只花了200块。"白鹭说,"用线缝,不用强力胶黏,已经算你好运了。"

"我很会讨价还价,对吧?"秦臻故作无辜,沾沾自喜地问。

"太赞了!"白鹭说。

"他要价350元呢。"她撅起嘴提醒白鹭。

"你打败他了。"白鹭说,"他一肚子牢骚。现在我们可以点东西吃了吗?"

"我要加州卷。"秦臻说,"还要一个金枪鱼卷。噢,还要紫薯卷和日式煎饺。"

"好的。"侍者忙着下单,白鹭说,"我要同样的。"

他靠近过来仔细看着秦臻。

"我知道这一切对你来说,都不容易——"他开口说话,泰迪熊一样的褐色眼睛里满是温柔和关心。

秦臻咬着茶杯的边缘,一眨一眨地看着他。

沉默了一小会儿,她换掉杯子,抬起手喝掉了小小一杯清酒。酒很辣,稍微有些药味,正是现在她需要的。

"不过,我倒是没有后悔自己干的事情。"

她向白鹭亮了亮酒杯。

"当然,我可是一点都不后悔呢。"白鹭说,"钱什么的一直都有的,我可再也不会为了那些东西浪费时间了,只是觉得——"

"你觉得，裸体牛仔的同志们是不是在他的内裤里塞东西了？"秦臻突然截断他的话，说起了一个大家都耳熟能详并且早就过时的笑话，"他身上其他的地方没有一处是天然的。他就穿着牛仔靴和小裤衩站在时代广场上，一身的皮肤都是古铜色，乱弹着一把吉他摆姿势照相。可是好多妹子们都爱死他了。他用手臂圈着我照相的时候，旁边那个金发小萝莉好像要冲上来给我一拳的样子。"

"绝对塞袜子了。"白鹭的态度有些过于急迫。这也不能怪他，裸体牛仔能让所有男人信心不足。

"……噗！"秦臻看着端着加州卷走过来的服务生没忍住笑了出来，那个年轻白净的小伙子手抖了一下，差点将两个肥大的加州卷扔在白鹭的酱油碟里。

"这个似乎也是我们的保留节目呢。"秦臻一脸淡然地从手袋里拿出化妆镜，仿佛什么都没发生过。

"好吧。"白鹭说着探身过来，"宝贝儿你吓着人家了，说吧，你怎么了？"

"哪儿怎么了嘛？"

"你高兴得有点反常了。"

"今天玩得很开心。"秦臻反驳道。

白鹭给了秦臻一个责备又宠溺的眼神，"我很高兴你玩得开心。"他慢慢地说，"我也是，我觉得即便我们牵着手满大街乱跑，也比在办公室里坐一天打电话开会应付一堆我根本没兴趣的家伙来得强。"

"那就不要用这么严肃的语气啊，破坏气氛。"

秦臻又打开菜单："他们有什锦水果冰激凌。"

"秦臻。"白鹭说，他叹了一口气，"有些话我必须说。有时候我担心你不能好好应付事情。一直以来你都太忙，有些是因为我，有些是因为你的愿望，从来没有退后一步想过你真正想要什么，你的感受是什么。我知道你的委屈和难过，我以前当了那么多年不合格的爱人，给我个重新来过的机会不好吗。"

"你最近总是用这招，真讨厌啊。"秦臻轻轻在他手臂上捶了一拳。

"我都明白。"白鹭不松口，"那好，告诉我，你现在还有什么样的计划？"

"……"秦臻愣了一会儿，低头笑了下，"还是终究要回到职场上去啊。"

"再过几个月，一切会像什么事情也没有发生过一样。"白鹭莫名其妙地说道。

秦臻惊讶地眨眨眼。

"怎么可能？"她不在意地笑了笑。

"这是你想要的？"白鹭说。他朝秦臻探过身来，把手放在两人中间的桌上。他的手跟他这个人有同样的风格——舒服、温暖、可靠。"这就是你想要的？"

他的声音低沉而温柔。不知道为什么,那比他大声喊叫更让秦臻害怕得多。

"嗯。"秦臻轻声吐了一个字。

"那好。"白鹭点点头,听起来却并非那么一回事。

他环抱双臂圈着胸,看着餐巾纸。秦臻把化妆镜放在手指间绕来绕去,仿佛那是世界上最小号的盾牌。白鹭终于变得非常严肃,且似乎有点不快。

难道白鹭看不出来,自己所知道的唯一对策是从现在起把过去的一切都抛在脑后?她在前进,没有退路,难道自己要在家里当全职太太吗,他们连孩子都还没有一个呢。

秦臻没有时间去后悔,去做什么心理分析、高温瑜伽,或者那些他觉得自己需要的东西。白鹭了解自己,他知道她的喜好和态度。

秦臻抬头看着他,发现他正望着自己。她忍不住笑了起来,秦臻发现她没有办法一直生他的气。

"鱼子黏在牙齿上了。"白鹭伸出一只手,直接穿过她的唇缝轻轻抚摸了一下她的牙齿,然后他也露出了让她舒心的笑容。

"分着吃一个什锦水果冰激凌当甜点吧?"秦臻握着他的手问。这是她目前能说出来的最接近道歉的话了。至于为什么要道歉,她自己也不知道。

"好啊。"白鹭说着放开了双臂重新拿起了碗筷。

晚上的商业街总是人流如织，商业中心的广告牌灯箱远远近近，高高低低地一大片混在一起，一眼看去让人有些目眩神迷的错觉。以前秦臻并不这么觉得，她和白鹭一样，喜欢光怪陆离的商业世界和流光溢彩的时尚。

白鹭站在车站旁，一双手插在裤兜里，橘红色的围巾包住了他整个脖颈和一小块肩膀，显得更加像一只毛茸茸的泰迪熊，秦臻又一次自嘲地笑了笑。去年的这个时候，他还是给人一种北极熊的感觉，怎么也没让她感到这样治愈的形象。现在正是晚高峰的时间，喧闹着经过他身边的人群几乎快要把他淹没。

秦臻几乎有点惊慌地抓紧了他的小臂。

只是回那个小公寓办理完剩下的手续，白鹭仍然依依不舍地坚持要送她上出租车，似乎在他这里，时间永远不够用。他伫立在人群里，看起来居然有那么一点脆弱，不过又很是坚强地屹立着一动不动。

"臻臻。"

"嗯？现在人很多，再不走等下会堵车很严重。"

"我想跟你说件重要的事儿。"

秦臻看了看身边的车流，走到他身边跟他背对着人流站在车站内。

"说吧,我会好好听着,嗯?"

"……我爱你。"

"……"秦臻轻轻颤动了一下眼睫毛。

"……"白鹭仍然稳稳地站在那里,用他褐色的眸子注视着眼前熟悉的面容。

"你爱我。"秦臻低声重复着刚刚自己听到的话。

"我爱你的一切。"他说,"我爱你节食时忍住不吃晚餐,结果因为实在太饿吃掉一大盒点心。我爱你上课的时候把铅笔一支支排起来对着书本和铅笔盒。我爱你现在这么认真地看着我,鼻子上却有一块这么大的油渍自己还不知道。"

他朝秦臻伸出手,轻轻用拇指肚擦掉了它。

白鹭觉得幸福,他还可以像以前一样亲昵地用手调皮地碰触她的肌肤,虽然这种甜腻的感觉让他的心脏会产生一阵阵尖细的抽痛,但是甘之如饴。

然后他张开双臂,像校园偶像剧中一样,牢牢地将她裹进了怀里。

一切似乎都在身边旋转,秦臻就站在那儿,在白鹭的怀抱里。

这一直都是她心底梦想的地方。

Chapter 9
为你而来

"我是为了你而来，只有确定在没有我的世界你也能过得好，我的灵魂才会安息。"——白鹭

秦臻将原来公寓的物件都全数搬进了新家里的阁楼，这所房子比原来那个独栋豪宅小得多，精致紧凑的复式洋房足够他们带走自己想要的东西。这么多年她第一次按照白鹭从头到尾贴心的安排来完成自己的规划，就像是很久以前在学校的时候，白鹭会看着她好好吃完并不美味的午饭，天天等在她门口接送上学一样，让秦臻皱成一团的心慢慢地被熨帖，变得平顺温婉。

白鹭近乎急切地展现着自己的情感，似乎是想要把过去那好些年缺损的部分一口气全部重新补上，并且加倍修复。

她渐渐地迷恋上这种感觉。

她渐渐地牵回了白鹭温暖的手。

淅淅沥沥的雨滴打在窗棂上，有些阴沉的早晨让人格

外贪恋卧室的温暖。

白鹭在另一半位置空了之后就迷迷糊糊地清醒过来，好一会儿才慢慢地睁开了眼睛走下床。他看了看窗外渐渐暗下去的天色，像个孩子般地伸出双手去接窗外的雨滴。最近每次入睡之后，总是出现一些冗长又深沉的梦境，医生告诉过他，以他的身体状况要注意休息，保持情绪的稳定，不要吃刺激的食品，按照医嘱服用保健康复的药物。

每一样他都循规蹈矩地做着，但这几天，那些梦境总是缠着他不放，醒来之后整个人像是要虚脱一样疲惫不堪。他可以把这些归结为睡眠质量不好，或者突然改变生活习性和环境的副作用，只要慢慢调节总是会好的。

但是，再强大如他也有恐惧和无助的时候。

每天的清醒都像是对他生命的消耗，似乎他每睡过去一天就会扣除一天他在这个世界上的时间。

白鹭有些绝望，他每一天都比昨天更难醒过来，就像一根熄灭又燃起的蜡烛，慢慢变成一堆残余的灰烬。

"臻臻，我今天要出去走走，一会儿就回来。"

吃完早饭，白鹭穿着他以前跟秦臻一起买的那套运动装，爽朗地从回廊快步走过，向着在客厅对着电脑敲字的秦臻打了招呼，挂上耳机小步跑向外面的花园。

终于回复完一堆烦人的邮件之后，秦臻走到卧室的窗户边上，敞开窗探出身子，呼吸着潮湿的、带着草香的空气,闭上了眼睛。

白鹭就在这个院子里散步,打一个电话他就可以十分钟之内出现在自己的面前,带着开朗有干劲的语气和笑容。

秦臻伸了个懒腰,她感觉自己的身体里起了一些变化,一些自己无法解释,甚至无法完全理解的变化。仿佛在见到病床上白鹭的那一天,她的内心深处就生出了一道裂缝,将原本熟悉的一切割成了补不起来的碎片。过去几个月的光怪陆离让她无法喘息,但这是许多年以来,她第一次在自己身上感觉到勃勃的生机,也许是白鹭成功后的第一次。

接受尹素颜给出的建议成立了自己的小公司,并且买下这所比以前精巧玲珑的房子,意味着她已经作了一个重要的决定:她张开双臂拥抱了出人意料的、崭新的生命路途,而并非将安全的、旧有的生活拼凑起来。

就像是一条美丽但是未知的通途。

秦臻并不知道最后会走到哪里。

这个礼拜的早些时候,秦臻给禹城倒了一杯新茶后,他提了一个一直在秦臻自己心里翻腾的想法。

"也许,接下来我们可以考虑开个分公司。"禹城说。

喝了一口茶,秦臻若有所思地点点头:"的确可以。"

"我不是说我们一定得这么做。"秦臻说,"只是一个想法。"

"以前我也这么想过。"禹城伸了伸双腿,"我们可以试试拓展到北京、广州和深圳,甚至到全国。当然,这会改变我们的工作性质。我们一定要确认这是我们真正想要做的。"

那将意味着出差更频繁、在外时间更长,也意味着更多的钱和地位。

有一天,他们可能会认真对待这个方案。可是现在,秦臻对不定的未来颇为满足。

有生以来第一次,秦臻没有为不确定害怕,她顾虑的是,白鹭和她在一起的日子。

当然,秦臻不是唯一一个经历了裂变的人。那天她爬上阁楼,终于把一个个盒子里的文件都整理分类好时,她发现了一件东西:"普罗旺斯就是一首爱的诗歌,任何人都不可能生活在此而不动容。"

一张明信片的左上角上用优雅的花体写着这么一行小字。

满目尽是绵延悠远的紫色花海。

看着眼前边角泛黄的照片,秦臻有种莫名的亲切和暖意。

"薰衣草代表真爱"是伊丽莎白时期最具代表性的抒怀诗。因而,当时的情人风行着将薰衣草赠给对方,以表白爱意。英国的查理一世也是个多情汉，他在寻求Nell Gwyn时，就曾将一袋干燥的薰衣草，系上金色的缎带，送给他可爱的人。

背面的字迹有些歪歪扭扭，边缘已然模糊不清。

兴许字迹的主人在书写这些文字的时候也有些害羞或是紧张，但是字里行间总能感觉到一种略带生硬的理性，还有一点点狂放的小小野心。看，伊丽莎白女王和查理一世可都是站在金字塔顶尖上的人物。

秦臻眨了眨有些干涩的眼睛，远远回想着那个时候白鹭书写这番话的时候，是怎样正经又有些小小得意的表情。

当她完整地勾勒出这个画面的时候，天色已经渐渐沉了下来。她把这张薰衣草明信片贴到了墙上一个显眼的位置，像是一个提醒一样，轻轻贴在暖黄色的墙面上。

现在的他们应该有足够的时间与闲暇，只需要睡个懒觉的时间就可以越过海洋来完成这个拖延了很久的约定。

秦臻坐下来打开那个黑色的皮面册，凝视着一张张光面照片和撕下来的杂志页。有意思的是，白鹭和她一直都沉浸于自己的角色里，从来没有想过一切可以在一眨眼间改变。可是白鹭已经失去了向前走的重要保证，她不知道他的身体究竟是为什么会有如此神奇的变化，也不知道老天会不会突然收回对白鹭的恩宠。

只要可以,现在她每一秒钟都跟白鹭待在一起,他们幸福得让人难以置信,尽管白鹭还要每天吃一些这样那样的药品来治疗,经常感觉有些头晕。

这些天,白鹭来接秦臻下班时没有在车里等,会跑到新的办公室来转一转。有时候,如果秦臻还没有收拾好,他就跟禹城或者瑞雯聊一会儿。

如果白鹭要出门散步或者看看风景,那秦臻就会开车送他去医院,做完一点检查,再一起去吃些可丽饼或者章鱼烧,喝点玫瑰汽水或者清茶。有时候他们说说话,其他时候就默默地坐在一起看书,看电影,甚至看电视剧。

原来在S城的任何一个认识秦臻的人都不会相信。

除了连琦和尹素颜。他们热情支持她的每一步改变,当秦臻打电话告诉他们有关自己和白鹭的神奇故事时,他们还不停地安慰自己。当然连琦想知道白鹭的情况虽然出于一点点私心,不过他可爱的性子让周围的人都无法拒绝他,而且他十分聪慧,且并没有再跟叶青来往。

从那以后,尹素颜和秦臻似乎比以前更亲密了,白鹭为此稍微有点孩子气的不乐意,还声称如果秦臻因为尹素颜的关系冷落自己的话,他就去投奔连琦。

这么说似乎对禹城有点不公平。

秦臻当时为了换房子而犹豫不决的时候,打电话求助于禹城。

"嗨。"

"阿臻，早啊。"熟悉的声音传过来。

"你讲话方便吗？"

"方便，你相信我正在做荷美尔食品公司的广告吗？"

"如果再让我多看几张猪肉产品的照片，我就要开始跟猪一样哼哼了。现在我正在想世邦肉罐头最吸引人的地方在哪里。"

"绝对在右边。"秦臻笑了笑，"我记得猪肉罐头的代理人在他们的合同里提过一条，说照片只允许拍罐头的右边。"

禹城笑了。秦臻都能想象出来他靠在椅背上，双脚搁在自家大书桌上，端着一杯他无比喜爱的爱妻牌拿铁咖啡，还是双份糖浆的。

"这么说，公司还是老样子，是吧？"秦臻问了一句。

"其实不是。我要告诉你一个消息。"他说。秦臻能听出他声音里的笑意。

"让我猜猜，"秦臻故意拉高了语调，"陆言雪整容失败了？"

"比这更好。陆言雪被甩了。"

"你开玩笑吧？"

"她想当第四任百世集团太太想得要命，不过百世现在在跟一个罗杰斯的模特约会。陆言雪每次做罗杰斯的业务，都不得不跟这个模特面对面。我有一种感觉，百世随时可能撤回订单，因为陆言雪的广告案效果不太好。"

"你不知道我听了有多高兴。"秦臻故作抒情地吁了口气。

"似乎某人打了一张写着'天理昭彰'的纸条，贴在了陆言雪的电脑上。"

"某人？"

"某个神秘的家伙。一个超级英雄类型的人物，真的。不晓得是蝙蝠侠还是超人，或者美国队长。"

"呸，Cap才不会干这些事儿，超人还差不多。不过我一直觉得你穿斗篷会很好看。"她笑了笑。

"穿超人内衣和紧身裤就不行了。"禹城说，"大大削弱男人气概。白鹭的话比较适合酷炫的小蝙蝠呢。"

秦臻左手拿着电话，右手在纸上划拉了像是蝙蝠一样的图案，嘴角轻轻勾着笑。

现在她打开了大门，把手伸进大衣柜的箱子里拿出一个牛皮纸袋。纸袋里是一小瓶铭悦香槟，是时候把香槟引起的不愉快联想换成新的记忆了。

秦臻打开瓶塞，看着气体像一个幽灵一样从瓶口升上来。

她坐在客厅的地板上，喝了一小口，拨了一下白鹭的号码，又抬起手向空中洒了几滴香槟酒，这样她就可以和白鹭一起庆祝。

果然，没到五分钟，白鹭带着一身露水的香气走进了客厅。

"干杯。"她说着举起酒瓶。

白鹭走过来，低下身子吻了吻她的额头。

秦臻抬头看着他，狠狠咽了下口水。这就是她所渴望的那个白鹭，他爱她，欣赏她，疼惜她的一切，让她觉得自己在这世界独一无二，不可替代。

白鹭非常支持秦臻的新事业，就像当年他们刚刚启程时一样。他知道，即便有一天自己不在了，自己的所有遗产全数交给臻臻，他的妻子也会坚强地走下去，秦臻必须一如以往，谁都打不垮，推不倒。

今晚的宴会有些重要，秦臻穿着白鹭亲手为她挑选的晚礼服，在离开家的时候在他额头上印了一个吻。

秦臻看着他的眼睛，看着白鹭穿着白衬衫站在家门口看着她的车缓缓开走，他的脸格外悲伤，但是笑容灿烂得让人有些难过。

连秦臻自己也没料到，这场晚宴最大的收获并不是结识了哪位业界名流或是商业翘楚，而是在她喝下第三杯葡萄酒之后突然昏厥，被同行的瑞雯送去医院，得知了自己已经有身孕这件事情。

他们的孩子。

有那么一瞬间，秦臻把长长的裙摆在自己大腿上系成一个难看的结踩着细高跟跑进妇科急诊，要求医生不让这个孩子出世。

坐在检查床上，已经长出白发的女医生严肃地看着秦臻。

秦臻转头不面对她的目光，看着窗外渐渐低沉的天色，突然想起来他们在一起看《卡萨布兰卡》的时光，想起白鹭的目光停留在自己脸上而不是在电影上，尽管那是白鹭最钟爱的几部影片之一。

她觉得自己的心里有些什么东西在拼命绽开，泪水不知不觉淌满了脸颊。

"医生，我想再考虑一下。"

她猛地跳下来，坐在有点凉的椅子上，看着面前这个中年女医生因为她的话露出了一点微笑。

"感谢上天，看来我不需要给你看那些东西了。"她似乎松了一口气一样地看着秦臻。

秦臻紧紧地攥着手里的B超检查结果，黑白的图像上模模糊糊有个白晃晃的影子遏制不住地轻轻颤抖。秦臻手指有些神经质地张开又合上，直到将这张单子揉得快要皱成一团。

瑞雯轻轻解下自己的外套，披在这个年轻准妈妈的肩上，她踮起脚尖，第一次以一个长辈的姿态摸了摸秦臻已经变得凌乱的发丝,将几缕不听话的别到耳后,用力抱了抱她颤抖的身躯。

"丫头,这是上天的赐福,别怕。"

秦臻第一次由衷地感谢上帝,虽然她以前并不清楚神到底在哪里,但是就如她一直所认为的那样,世间并无双全法。

上帝赐予了他们一个新的生命,而在另一端,也许有一个陨落的躯体即将被它带走。

Chapter 10

THE
Wonderland

"尤丽迪茜动了一下,接着她慢慢地坐了起来,又站了起来!奥菲欧一步上前,和她紧紧拥抱在一起,两人大声喊着对方的名字,激动的泪水不住流淌。

"爱神愉快地催促他们:不要再焦虑迟疑,耽误宝贵的光阴,快回到人世间。尽情享受美好的青春!

"这一对受难的夫妻相拥着,走出了地狱的大门。在一座美丽的爱神殿宇中,聚集着欢乐的人群,他们载歌载舞,欢迎重返人间的尤丽迪茜,赞美爱情的伟大力量。"

当秦臻回到家中的时候,打开大门一眼瞧见光洁的门厅,目光顿时落在厅里的玄关上——一只巨大的水晶花瓶里盛满了深红的玫瑰花。一定是有人把花放在了桌上,好让人进门后一眼就能看见。

白鹭还记得订婚时在她的耳边说过的话,当时白鹭送了一朵娇艳欲滴的玫瑰。虽然他只有买得起一枝玫瑰的钱,但他许下了一个诺言:"以后在结婚纪念日那天,我会准时给你买玫瑰：我们结婚了多少年，我就给你买多少朵玫瑰。"

"结婚五十周年纪念日也行吗？"秦臻笑着伸出双臂搂着他。

"尤其是五十周年纪念日。"他边说边用柔软的花瓣挠着她的脖子。

秦臻慢慢走到花瓶旁边，一枝枝地数着玫瑰。刚好十朵，正是白鹭许诺的数目。拿起花丛中米色的小卡片，上面是手写的留言："我一直在你身边，从未走远。爱你的白鹭。"还没等她发出多余惊讶的感叹，就看到一张美艳灿烂的笑脸从玄关后面伸了出来，尹素颜像是护驾一样把秦臻塞上自己的车后座，一路都在念叨着"我要做干妈"之类不知所云的絮叨。

当秦臻回过神来的时候，她正站在大厅的中间，脚蹬那双她最喜欢的高跟鞋轻飘飘地走在刚打过蜡的大理石地板上。水晶吊灯并不刺眼，米黄色的灯光恰如其分地照在周围，让心生暖意。这个聚会人并不多，秦臻一眼就看到了离自己最近，笑得最纯真的连琦，Steve 的一脸俊雅和禹城的一脸老成站在一起，相似的面孔倒是两种不同的气质，Ricky 依旧是故作正经地做着细小的工作，不过他终于看起来不那么神经紧绷了。

"亲爱的，今天是你们周年庆哦，而且你要做妈妈了，这么棒的日子你倒是打起精神来啊。"尹素颜轻轻拍着秦臻的胳膊，朝大厅圆桌后面帷幔的方向扬了扬下巴，笑弯了眼睛。

秦臻没有看到白鹭，她知道他就在帷幔后面站着，或许是等待某支曲子响起的时候就会手持一个什么漂亮的东西走向自己，但是在那之前，秦臻只想快点看到现在最牵挂的那个身影。

连琦走过来将手放在秦臻还没有明显隆起的腹部，满脸欣喜地说着些什么，不过秦臻不知怎么总有些不在状态，耳边总有些朦胧但又浑厚的声响，甚至连他们的祝贺和调笑都听不清楚。她突然像想起来什么一样，苍白着脸色直直地大步走向了帷幔的方向，然后一把掀开帷幔。

白鹭静静地歪在一把椅子上，手指几乎垂到了地面，松弛得如同初生的婴孩。

奥菲欧和尤丽迪茜在爱神的帮助下重返人间，谁也不知道在那之后，奥菲欧究竟有没有陪她一起白首终老。

这曲令人心碎的咏叹调终于悠然地飘离了秦臻的耳边，不再回响。

"所有的经历都跟记忆里一模一样，可这种幻觉只发生在我一个人身上，我仿佛身处迷雾之中，被无边的孤独所包围。只有一个人,她在乎我的感受,在意我的梦想,守护我的灵魂。可这个人,我在数年间,从没好好地,认真地呵护她。

"睡梦中,我感觉自己掉了下去,一直坠落,周围没有墙壁,没有边缘,也没有穹顶,只感到身上寒冷,到处都是一片空虚。我非常害怕,很想尖叫,但张开嘴的时候,什么声音都发不出来。我想知道,如果一直坠落下去,永远到不了底,那么,还能称之为坠落吗?

"我觉得自己永远这么无止境地落下去了。"

……

一阵噪声打破了寂静,那是一种尖细的哀鸣,声音越来越大,直到像金属一般划破空气,划进他的身体——

白鹭从梦中惊醒,他睁了睁眼睛,没有力气抬起沉重的身躯。

慢慢找回模糊的意识,他记得之前是在结婚周年庆的party上突然失去了意识,之后似乎又过了一段时间,依稀感觉到有很多熟悉的人在自己身边来来去去,还有那个最熟悉的温度一直陪伴着自己。

他自己隐隐知道,今天可能会是他最后一次睁开眼睛。

他环视了一遍房间,有那么几秒钟的时间,周围的景物和光线变得模糊扭曲起来,似乎房间中的景象是一幅幅放错位置的幻灯片,无法和真实的环境对应起来。后来,画面似乎颤抖了一下,一切看上去又正常了。

他的余光看到了梦里出现的人,他的妻子。

秦臻靠着门边,伸出手慢慢抚上自己微微凸起的腹部。目光婉转深情,好像很多人口中所敬重的玛利亚。

白鹭一样不曾知道上帝的居所,也同样感谢它,虽然自己即将消逝,但仍然垂怜他,给自己的妻子留下了一个属于他们的生命共同体。

他很感谢上苍让他拥有这半年回光返照般的生命,让他看清了自己和秦臻的来路,看清楚他的缺憾和福祉,让他仍旧有机会在一切陨落之前做最大的努力,传达出自己最诚挚的感情,再疼爱一回自己最珍贵的人。

他轻轻抬起右手的两根手指,喊出她的名字。

"臻臻。"

秦臻听到房间中发出的一声喑哑的气音,迅速收回了停留在腹部的目光,坐到他床边,握住了白鹭变得枯瘦的手。

"阿臻——"尹素颜穿着一袭淡粉色的连衣裙,身后跟着金医生,看得出她本来是想过来跟秦臻交代些什么,可是走到房门口,看着他们浅浅依偎的样子,连金医生一起停下了脚步杵在原地。

金医生转头叫来了几个护士,低声安排了些什么。

自从白鹭栽倒在宴会厅之后，他就再也没离开过医院，他的身体状况急转直下，速度之快令人不解，似乎半年前的那场病灾只是个误会，这次的情况才是真正的爆发。

而秦臻更是寸步不离。

她有着所有人想象不到的坚强，就像那天宴会上的平静一样，她似乎早就预料到了这一天的到来。秦臻只是静静地握着白鹭的手，一点一点复说着他们的过往，偶尔出去买来鲜花或是白鹭喜欢的小摆件，恬静得好像黄昏日落的老夫老妻。

护士们推来了急救设备连在了白鹭的身体上，尹素颜合上了刚刚打完电话的手机，紧张地看着秦臻。

仿佛是上帝开的一个玩笑，大难不死的白鹭获得了半年的奖赏，他将度过这段时光之后重回上帝的怀抱，任何人都无法预计，无法挽留。

监视系统想起了无机质的警报声，金医生叹口气推了推鼻梁上的眼镜，看着慢慢变得再无波澜的监视画面，闭上了眼睛。

尹素颜忍着泪水，将差点破门而入的连琦、禹城和 Sui 几个人拦在了门口。

秦臻放开双手慢慢仰起头，调整了一下呼吸。

这一次，她的丈夫倒下的时候，他们并没隔着千里之遥，她就在他触手可及的地方，虽然这短短几步的距离依旧无法挽回白鹭渐渐消逝的躯壳，但是秦臻几乎能够感觉到白鹭灵魂的温度，就像一直以来他温暖的手心和充满动力的体温。

她用双手抱起白鹭的头，轻轻在他耳边告诉他，她爱他。

白鹭的眼睛睁开了一下，他听见了。她知道，他一定听见了。

尾　声

　　秦臻扯了扯身上略显厚重的大衣，羊毛和驼绒在南方湿冷的天气里给了她温暖和舒适的保护，但是精品店里始终恒定在二十几度的中央空调让这件衣服明显成了负担。

　　她的脸颊泛起了红润的血色，微微变得圆润的下颌让她显得健康且柔和，整个面容都有了一种亲切而高尚的美感。她脱下了外套，已经有些浑圆的腹部明显地挺了起来，她伸出一只手轻柔地抚上去，像是某种已经养成的习惯。

　　秦臻拿起一只婴儿的奶瓶看了看，马上有店员凑上来细致地解说着这个产品的各种功能和它区别于超市商品的优点。

　　从婴儿车、奶瓶、餐具、衣服、玩具到饰品，几乎包含了各种学龄前儿童的精致用品，在暖暖的灯光下闪着润泽又新鲜的色调，让人联想到温馨、绵软、幸福这类听起来就会嘴角上翘的词语。

她独自一人在店里逛了很久，或许是因为还不知道孩子的性别而有些难以抉择。

橱窗旁边摆着几件似乎是当季打版的明星产品，任哪个即将做母亲的人看到，大概都会想掏空自己的钱包把这些精致又可爱的东西带回家给自己的孩子当做圣诞节的礼物。

秦臻带着笑意拿起其中一件，满意地冲着镜子比画了一下样子，店员堆起兴奋又亲切的笑容走过来接过了她手里的好几件商品，忙不迭地拿到收银台去扫描条码录入价格准备结算。

秦臻转过头，透过落地的玻璃窗向外看了一眼。

似乎天空已经飘起了雪。

白鹭正站在外面，隔着一条窄窄的人行步道，器宇轩昂。

他穿着一件黑色翻毛领的大衣配着卡其色格子的围巾，简约严谨又精致妥帖的衣装像是刚参加完英国皇室的聚会。

白鹭看着她，像以前每一次相约见面时那样平常，并没有太多波澜起伏的表情，一双眼睛幽深而明亮。

秦臻轻轻地眨了下眼睛，淡然却又熟稔地看着那个再熟悉不过的身影，像以前每一次相约见面时，传递出平常无奇的"再等我五分钟"的意思，然后对方浅浅地点一点头。

　　橱窗里的射灯明晃得耀眼，秦臻瞳人中的身影有点清晰得不太真实，她微微闭了一下眼睛，纤细的睫毛在她的眼底投下一片淡淡的阴影。

　　抬起眼帘的时候，对面的白鹭冲她招了招手。

　　微微卷起的刘海翘在前额上，褐色的眼仁里满满地含着温和的笑意，那件咖啡色的Ｖ领毛衣和乳白的毛线围巾裹在他年轻的身体上显得暖和又舒适，上扬的嘴角像是让人无法抗拒的巧克力一般几乎要散发出神奇的香气，透过无机质的玻璃，甚至都可以传进秦臻秀气的鼻尖，让她血液回暖。

　　秦臻目不转睛地看着那个白鹭，从心底透出一个饱含暖意的笑容，慢慢传上她的眼角眉梢，再到浅粉色的嘴唇和轻轻合拢的唇角。

　　她隐约看到对面的身影比了一个傻傻的口型。

　　"我们回家吧。"

　　而后轻轻地随着飘散的雪花消逝无踪。

初心不负——致读者

你愿意放弃万千财富，只为与妻子再好好爱一场吗？你愿意抛开辛苦挣来的名利，只为实现一个"做好人"的愿望吗？你愿意抛开种种恩怨，再去拥抱曾忽视自己、伤害自己的人吗？你愿意勇敢承认年轻时候的错误，把失去的时光和失去的人都追回来吗？书里的每一个人，都让我扪心自问。活在世上，请别忘记自己的初心，请用爱和善意对待一切；请用情和真诚打动所有。珍惜活着的每一刻，珍惜爱着的每一刻。

"死生契阔，与子成说；执子之手，与子偕老。"这诗句虽然已经遍布每一场关于爱情的描述和表白当中，但我们仍在读到白鹭与秦臻终于谅解彼此、十指紧扣的时候，轻轻吟了出来。我相信每个女人心里都有一个秦臻，有些小虚荣、小心思，又渴望爱，渴望关怀，渴望真正的欣赏和情感支持。我也希望每个秦臻，都能找到最初的那个白鹭，然后就在纷繁复杂的人世间，牵着手走下去，无论遇到什么，但求此心不离。我想象勇敢活下去的秦臻，终有一天成为白发苍苍的老人，像白鹭希望的那样，生下两人的孩子，抚养长大；大口大口吃冰激凌；和素颜常常相聚，尽情享受人生。也许再次坠入爱河，在幸福中享受天伦。当有一天老去的她独自一人在街上蹒跚而行，看见路边坐着愁眉苦脸，甚至泪流满面的年轻人，也许她会走过去，安静地问，年轻人，你为什么哭？为金钱，为事业？不要紧，只要能与爱人相知相伴，你就不会孤单，不会恐惧。也许，她会看到一对老爷爷、老奶奶，心中淡淡惆怅，想象白鹭若还活着，两人也应该是这般光景；虽谈不上羡煞旁人，日常生活可能还有些冷暖自知的磕磕碰碰，却早已相濡以沫，风景都看透，一起看细水长流。不，也许她不会惆怅和忧伤，因为白鹭一直都在，在她清晨手边咖啡氤氲的热气里，在夏日冰激凌香甜的气息里，在拂过她秀发的清风里，在每一天抚摸着她面颊的阳光里，在她的每一声叹息、每一个微笑、每一滴眼泪和每一场悲欢喜乐里。这个故事所想要传递的信息就是"爱是这个世界上比任何东西都重要的存在"。这大概是世界上最浅显又最艰深的道理。所以，在不知时日尽头的余生里，也要和爱的人们在一起，无论做什么，无论往哪里去。深深地感谢上帝让我们感受到爱，也深深地感谢有个人能让我们付出爱。